Zeno

À mon frère, à mes parents,
aux familles décalées

L'enfance est un couteau planté dans la gorge.
On ne le retire pas facilement.

Wajdi Mouawad, *Incendies*

J'ai écrit ce livre à cheval sur ma vingt-huitième et ma vingt-neuvième année. Anton ne le lira pas, il ne me questionnera pas, il n'en comprendra pas l'enjeu. Je lui en ai parlé, j'ai dit «J'ai écrit un livre sur toi et moi», et il a répondu «Bravo ma sœur», et quand j'ai voulu lui raconter il a dit «Ouais, ouais», et nos regards gênés se sont croisés, et c'est tout.

Les personnages et les événements que vous découvrirez au fil des pages sont inspirés de faits réels.

1.

J'embarque

(2015)

L'arrivée

– Salut, j'm'appelle Caleb.
Un *high five*, un *hug*, il repart comme il est venu.
Le groupe se disperse, j'apprends dans l'arrière-cuisine que, pour boire de l'alcool ici quand on a moins de vingt et un ans, il faut le mettre discrètement dans un mug. Je m'exécute. Les tables ont été reculées pour créer une piste de danse, Caleb est au milieu, mes yeux ne s'intéressent qu'à lui. Personne ne lui dit d'aller se coucher, il est totalement intégré au groupe et aux conversations. Crâne rasé sous sa casquette à l'envers, jean baggy, tee-shirt *oversize*, Nike aux pieds, il a un vrai look. Stylé et affirmé. Lui, c'est sûr qu'il s'habille tout seul.
Will débarque, un *high five* et un *hug*, lui aussi.
– Votre attention s'il vous plaît ! Je vous présente Léa, elle est française, elle vit au Canada, elle vous expliquera, soyez sympas avec elle, c'est son premier été ! Bienvenue !

Six mois plus tôt, j'évaluais les pour et les contre de notre rencontre comme si ma vie en dépendait. S'il m'avait parlé de charité, d'aider son prochain, de toutes les actions qui nous rendent bons et nous nourrissent parce que aider donne un sens à la vie, j'aurais souri et je ne l'aurais plus revu.
Arrivée au café avec quinze minutes de retard, j'ai cherché des yeux mon père accompagné d'un homme que j'imaginais vieux, en costume gris foncé, dénué de charme, transpirant l'ennui et la bien-pensance. Quand j'ai découvert Will, un sportif d'une quarantaine d'années, souriant, avec des tatouages plein les bras et des lunettes de soleil branchées, deux choses m'ont percutée :

1) *mon père a vraiment une tignasse indomptable et je dois faire quelque chose pour son style vestimentaire ;*
2) *est-il vraiment possible que cet inconnu cool s'intéresse aux gens comme mon frère ?*

Je ne sais plus si on est restés longtemps, ni ce qu'on s'est dit précisément. J'étais là pour voir si ses projets pouvaient convenir à Anton et j'attendais un signe pour que ma vie change. Lui, je ne savais pas pourquoi il était là. Rencontrait-il souvent des familles comme la nôtre ? Sûrement. Était-il frère, comme moi je suis sœur ? Ou alors parent d'un enfant handicapé ?

Sans que j'aie besoin de demander, il m'a répondu: «Parfois les gens attendent une raison valable, une explication à pourquoi je fais ce que je fais. Je me suis juste dit, à un moment donné, qu'il devait y avoir des choses plus importantes dans le monde que moi-même.» Je ressentais la même chose depuis toujours. «À Zeno, on ne parle ni de bénévoles, ni d'animateurs, ni d'assistanat, ni même de handicap. Personne ne paie, personne n'est payé, on travaille sur une comédie musicale et on vit ensemble, c'est tout. On est amis.»
Enfin un discours intelligent.
Avant même qu'il ne termine son histoire, je m'étais intérieurement engagée à le retrouver à Zeno six mois plus tard, avec sa grande bande d'*amis*, quatre-vingts adultes, moitié avec handicap et moitié sans. Au pire, ce seraient des vacances gratuites. Au mieux, Anton m'y rejoindrait un jour. C'était peut-être le trait d'union qui nous manquait. Pour l'instant, je voulais y aller seule.

Premier jour

À travers une fente dans le mur, la moitié du visage enfoncée dans l'oreiller, je regarde le mouvement de la lumière matinale qui filtre entre les branches des arbres. Un moustique détourne mon attention, interrompant une hypnose qui dure déjà depuis de longues minutes. Je ne lui laisse aucune chance de survie: *clac!* contre la paume de ma main. Dans le même élan, je me retourne, passe une jambe par-dessus le garde-corps, la seconde… me voilà sur l'échelle, à l'envers, face au reste de la pièce, inconfortable mais soulagée de ne plus entendre mon lit grincer.
Je n'ai pas voulu allumer en entrant hier. C'est plutôt grand, trente-cinq mètres carrés à vue de nez, cinq lits superposés, dix couchages, trois occupés par des gens que je ne reconnais pas de dos.
Tout est en bois: le sol, les murs, le plafond, les lits, le banc de l'entrée. J'ai dormi dans une cabane

dans la forêt! Le tronc qui traverse le plancher en son centre me rappelle qu'elle est au-dessus du vide, pensée qui me fait enfiler un pull et des sandales, sans bruit, pour aller vérifier comment tout ça tient. Autour de moi, les arbres sont si hauts et impénétrables que je devine à peine le ciel, bleu très clair. Le feuillage forme une sorte de frontière poreuse, mouvante, bruyante, vivante, rassurante.
Ça embaume le pétrichor.
L'odeur de la pluie, l'odeur de l'orage.
C'est le parfum de la nostalgie.
Ils ont dû bitumer le sentier pour faciliter l'accès aux fauteuils roulants. La piste reste discrète et étroite, alors que ces cabanes semblent d'un autre monde: cinq suspendues, plus deux yourtes, avec leurs petites terrasses et leurs douches extérieures, semées dans cette parcelle de forêt majestueuse. *Tatum, Love Jenny, Long Way Up, The Doghouse, The Yurt, Stoddard, Grandpa's*: chacune porte un nom curieux gravé ou peint au-dessus de sa porte. Je voudrais m'allonger sur le sol pour ressentir ce qui est en train de se passer.
La lisière du bois s'ouvre sur une grande étendue d'herbe, légèrement en pente, en haut de laquelle trône la maison principale. Ne sachant plus trop quoi faire, je me dirige vers la double cafetière à filtre géante qu'on m'a montrée la veille, mais impossible de la faire fonctionner. Le moment est trop

particulier pour tuer le temps sur mon portable. Je n'ai envie de rien.
Vers 9 heures, tout le monde est debout. Pour préparer le camp, on se répartit en missions : *team* lessive, *team* serviettes et linge de lit, *team* aménagement des cabanes, *team* cuisine, *team* vaisselle, *team* nettoyage des vans et du bus, *team* tipi…
– On va construire un tipi car il manque quatre lits ! dit Bobby, l'homme qui a bâti l'immense grange rouge en bois massif à deux étages qui sert de théâtre et d'atelier, de l'autre côté de la grande pelouse.
Son gros pick-up harnaché d'une remorque nous sert pour aller couper du bois dans une forêt toute proche. Armés de machettes, on dégage des sentiers jonchés de tiges tenaces et de ronces qui incisent nos jambes, à la recherche de bouleaux, ni trop fins ni trop épais, la base de notre structure. Reconnaissables à leur belle écorce blanche, on les trouve près d'une rivière. Suivant les indications de Bobby, je saisis le manche de ma hache et tape de toutes mes forces dans le bas du tronc pour faire une incision parallèle au sol, d'au moins la moitié du diamètre, puis une autre, quelques centimètres au-dessus de la première, en diagonale, afin de former un triangle. Toutes sortes d'insectes nous attaquent et je suis allergique aux piqûres, alors je fends le bois aussi fort et aussi précisément que je peux pour abréger ce qui commence à ressembler à un calvaire. Quelque chose me pince

brutalement la joue, je saigne. Ce sont les mouches à chevreuil, sortes de taons qui, lorsqu'ils piquent, ou plutôt mordent, arrachent un morceau de chair. Nous en sommes cernés. Les larmes me montent aux yeux. *Qu'est-ce qui m'a pris de venir ici?*
Dans le rétroviseur, en repartant, j'aperçois mon profil. Ma joue a tellement gonflé qu'elle pend.
À Zeno, les autres équipes s'agitent: aspirateur dans les vans, distribution de grandes caisses à pommes pour ranger les vêtements sous les lits, distribution de draps, taies, couvertures et serviettes, accueil de nouveaux arrivants aussitôt assignés à une tâche, trajets en ville pour faire le plein de choses manquantes. On installe nos quinze troncs sur tréteaux, coupe au sécateur les petites branches et les nœuds qui dépassent, arrache l'écorce de toutes nos forces et, enfin, on ponce. Comme dans une fourmilière impeccablement organisée, chacun est indispensable à la construction et l'aménagement du nid.
Pendant la pause-déjeuner – sandwichs végé, jambon, dinde, PB&J (j'ignore ce que c'est) et chips –, Charlotte et Noah, elle mannequin, lui photographe, tout droit sortis d'un magazine, s'installent face à moi. Ce sont des amis de Will. Ils dormiront dans *Tatum*, comme moi, et ils sont d'origine canadienne, comme moi. Elle dit que ses deux parents ont des frère et sœur handicapés. Donc, elle connaît un peu le sujet. C'est la première qui mentionne un lien

familial depuis mon arrivée ici, et ce détail ne me laisse pas indifférente. Je tire ce fil, une affinité qui me semble forte et permettrait une complicité, mais elle n'a pas l'air particulièrement intéressée. *Il est donc possible que ça ne bouleverse pas toute une famille. Ou, au contraire, est-elle tellement bouleversée qu'elle évite le sujet?* Je penche pour la première hypothèse et lui envie sa frivolité. Ça va avec son look rock aux détails je-m'en-foutistes étudiés, comme ce tee-shirt usé dont les manches ont été découpées aux ciseaux, rentré grossièrement dans un Levi's *oversize*. J'envie son corps mince, androgyne, tatoué, son sourire et ses fossettes, la manière dont elle pose des questions aux autres autour de la table. Elle est piquante, elle joue avec les mots. Cette fille a de la repartie, ça se voit. Elle a tout pour elle, à commencer par le physique. Quand on a ça, c'est sûr qu'on va bien. Je ne serai jamais aussi mince, belle et bien dans ma peau si je prends un autre sandwich. Elle n'a même pas fini le sien; elle arrive à n'en manger que trois bouchées et à laisser des chips devant elle sans les toucher. À l'observer, rien ne peut l'atteindre, elle se fiche de tout. Je n'arrive plus à me ficher de rien. Un attroupement se forme autour de Noah qui fait défiler avec la roulette de son appareil des images qu'il a capturées en coulisses de *Becoming Bulletproof*, un film sur le Cheshire Project, le collectif qui a donné naissance à Zeno. C'est un documentaire

sur le tournage d'un western dont la plupart des premiers rôles sont tenus par des adultes porteurs de handicaps physiques et mentaux.
– Là, moi ! Beau gosse ! dit Caleb, avant de nommer chaque personne sur chaque photo. Ils me manquent !
Beaucoup d'acteurs du film seront là cet été. Je suis dans un repaire d'artistes.
Pourquoi il est le seul à être là avant tous les autres, ce Caleb ?... C'est à se demander s'ils ont remarqué qu'il est trisomique.

La construction du tipi nous occupe jusqu'au soir. Comme les troncs sont lourds ! Il faut les faire tenir en équilibre : au secours ! Après plusieurs tentatives, les trois premiers sont debout. Il n'y a plus qu'à reproduire l'exercice cinq fois en répartissant les poteaux à égale distance les uns des autres autour du plancher.
– Je t'aime bien !
– Moi aussi je t'aime bien, Caleb.
– Bon entraînement, le tipi.
Il est très fier de ses muscles et me décrit son programme de l'été : courir, nager, faire des pompes. Être en bonne santé est important pour son cœur ; il soulève son tee-shirt et je découvre une longue cicatrice entre ses deux pectoraux. Son corps trapu paraît robuste, je lui dis qu'il a l'air en forme et

propose de l'aider à tenir son projet. Il me tend la main, je lui tends la mienne. *Team work*. Il me pince la joue, ma joue difforme, il la trouve mignonne et propose de la masser tout à l'heure pour qu'elle dégonfle.

Bobby se charge de l'ultime opération: en retenant notre souffle, on le regarde appuyer une immense échelle contre la structure en bois qui, en principe, ne doit pas bouger. En décrivant son action à voix haute, il grimpe, « trèèès douceeemennnnt uuune corde ààà laaa maiiiin pouuur liiiiier les troooones qui se reeeeejoigneent au soooommeeeet et coooonsolider le touuuuut ». On est tellement concentrés qu'on ne remarque son visage hilare que lorsqu'il se retourne, poing levé en signe de victoire.

– BOBBY BUILT A TIPIIII! BOBBY BUILT A TIPIIII!

Ils hurlent! Ils sautent partout comme s'il n'y avait personne autour. C'est vrai, il n'y a que nous, mais quand même. Je me joins timidement à eux, ultra-consciente de mes moindres faits et gestes, cherchant le naturel alors qu'ils sont tous à fond.

Avoir l'idée de bâtir des cabanes dans les arbres, des yourtes et maintenant un tipi pour accueillir tout ce monde... Ils auraient pu opter pour quelque chose de plus simple, plus ordinaire, un lieu en ville par exemple, des dortoirs plus traditionnels. Mais ce n'est pas le style de la maison.

– Salut, tu dois être Léa?
Guitare à la main, Peter se présente comme le petit frère de Will, bien qu'il le dépasse d'une tête. La quarantaine tout juste, chevelure brune épaisse: sa jeunesse me frappe. Il me présente sa femme, Ila, et un de leurs fils. Je les trouve beaux tous les trois. Ils vivent là à l'année, Zeno est leur maison, projet familial et projet de vie. Ila a le regard intelligent et un petit gabarit qui me fait penser aux Françaises. Son enfant calé sur la hanche, elle fait le speech de bienvenue aux anciens et aux nouveaux:
– Si vous avez des questions, posez-les ce soir! Demain, on entre dans une bulle, ce sera chargé, on passera d'une vingtaine à plus de quatre-vingts personnes, vous allez être submergés! Je vous fais confiance pour bien garder en tête que, chez eux, beaucoup de nos amis ont une vie sociale limitée; l'arrivée ici est donc vécue avec grande émotion. Et c'est bien, on adore les émotions, mais elles peuvent nous dépasser. Petit rappel pour les nouveaux, on fonctionne en duo d'*amis* ici, l'un a des besoins spécifiques que l'autre peut aider à combler, c'est ce que font les amis. La répartition des binômes est en finalisation, ils seront affichés demain matin sur le tableau dehors. Je vois que vous êtes tous pleins d'énergie donc pas de folies ce soir, s'il vous plaît, on a besoin de vous en pleine forme. Qui se souvient des deux règles d'or ici?

– *Don't do nothing, and no sex in the cabins! Don't do nothing, and no sex in the cabins! Don't do nothing, and no sex in the cabins!* Interdit d'rien faire, et dans les cabines interdit d'le faire !...

Trombes d'applaudissements en tapant sur les tables, auxquelles je me joins naturellement. Une fille me propose de laver la vaisselle avec elle et deux types, mais attention, il y a une tradition : la vaisselle du soir se fait nu sous le tablier, en écoutant de la techno.

– *Are you cool with that ?*

Je dis oui à condition de garder ma culotte pour cette fois ci, et je pense à mes parents... Dire que ce sont eux qui m'ont encouragée à venir ici.

L'autre camp

Mon frère devait avoir treize ans et moi dix lorsqu'il est allé pour la première fois dans un *summer camp* «normal».

Été 2005. On l'accompagne en famille, tous les trois, départ en fin de journée en direction de Bakersfield. Par la vitre de la voiture, dans un silence de plomb, l'immense aire urbaine de la ville laisse place aux montagnes verdoyantes de Santa Clarita, aux plaines désertiques avec gisements de pétrole du Midway-Sunset Oil Field, et finalement aux montagnes arides et rocailleuses, notre destination. Les trois heures de route jusqu'au motel où on passera la nuit, proche du *summer camp*, me semblent interminables. Anton et moi partageons une chambre séparée de celle de nos parents, nos lits sont recouverts d'une couverture rayée rose et marron, et une moquette beige tapisse le sol. Dehors, un néon

«MOTEL 24/7» coloré empêche l'obscurité totale. En regardant mon frère s'endormir, bras croisés derrière la tête comme toujours, j'ai la sensation d'être en mission impossible, secrète, dangereuse : on va déposer, entre les mains d'inconnus, en terre inconnue, un trésor d'une valeur inestimable.
Le lendemain matin, la route à flanc de montagne est abrupte, terreuse, majestueuse ; des paysages américains que seul mon père connaît bien. En bas d'une ultime descente graveleuse se trouve un jeune homme. Il accueille les familles et les nouveaux *campers* sur le parking pour les aiguiller vers leur groupe. Il fait déjà chaud, l'air est sec, mon père décharge les affaires d'Anton et ma mère lui tient la main pendant que je repère les petits, moyens et gros cailloux qui pourraient le faire tomber en un quart de seconde. En avançant, le constat ne fait qu'empirer : c'est sauvage. Le chemin vers ses quartiers consiste en des sentiers étroits et sinueux, dont la montée est parfois facilitée par des escaliers faits de roches ingénieusement superposées, ou de simples racines d'arbres qui épousent la côte. On grimpe, on grimpe, passant plusieurs paliers sur lesquels chaque fois une dizaine de lits sont alignés sous un grand toit en toile. J'essaie de lire le regard de ma mère qui ne dit pas un mot et pare Anton de ses mains. Mon père discute en début de cortège. Alors que nous arrivons à une énième étape, couverts de poussière, notre

guide pointe du doigt un lit de camp. À cet instant, mon alarme intérieure se met à sonner: je viens de comprendre qu'Anton va dormir dehors. Jamais je n'aurais pu imaginer que sa chambre ressemble à ça, sans murs, entre les racines d'arbres, les insectes, les animaux, à la merci de la météo, loin des toilettes et des douches. Et s'il avait besoin de faire pipi la nuit?

Le jeune homme poursuit son protocole de bienvenue en nous expliquant avec enthousiasme que chaque jour sont proposées de nombreuses activités auxquelles les *campers* peuvent s'inscrire tout seuls. N'importe quel parent serait ravi d'une telle offre et d'une telle indépendance. Je ne sais pas encore ce que pensent les miens. Pour moi, le tableau commence à être clair: ce lieu ne peut pas convenir à un garçon comme Anton, qui a un équilibre fragile, qui traîne les pieds, qui n'a pas conscience du danger, qui a besoin qu'on le guide et ne saura pas choisir entre des activités qu'il ne connaît même pas. Il a déjà du mal à se débrouiller en français, comment fera-t-il avec l'anglais? Et puis tous ces ados ne vont faire qu'une bouchée de lui. Ceux qui s'installent dans les lits voisins et nous sourient, ils le font sans le connaître, ils le font pour être sympas, ils le font parce qu'ils sont dans l'euphorie de l'arrivée, mais leur véritable nature les rattrapera... Je les connais, je connais leur bêtise, leur méchanceté, leurs regards,

je sais les repousser, les éviter, même les menacer s'il le faut. J'aurais pu le protéger en restant, mais je ne resterai pas. Gentil comme il est, naïf comme il est, Anton ne se rendra pas compte des horreurs qu'ils lui diront, des moqueries, du rejet. Il sentira leur hostilité sans pouvoir se défendre. Ils se serviront de son trouble du langage contre lui, l'imiteront, lui feront faire des bêtises, l'humilieront. Je le sais.
Les arbres sont si grands, le terrain si étendu, il y a tellement de monde, tellement d'énergie. C'est trop. Trop. La défaite s'installe en moi à mesure qu'on découvre ce lieu à la beauté spectaculaire. Ma mère ne dit toujours rien. Ce n'est pas son élément. Je suis sûre que, si ça ne tenait qu'à elle, on rentrerait tous les quatre à la maison : la vie de famille et les cousins, c'est suffisant.
Mon père abrège la visite, il veut rencontrer les directeurs qu'il a eus au téléphone et par mail. Il sent les différents moniteurs poliment étonnés par le nouveau *camper*. Effectivement, lorsqu'on fait la connaissance de Debbie, elle avoue avoir oublié de briefer les équipes de l'arrivée d'Anton.
– Ça aurait été utile vu son profil... admet-elle, mais pas de panique ! John, un jeune homme français formidable, est là. Il pourra aider au quotidien !
Mes parents montent en pression. Je trouve cette Debbie beaucoup trop détendue, irresponsable, insensée, indigne de confiance. Anton s'échappe

pour dire bonjour à qui veut l'entendre. Je le poursuis pour être sûre qu'il se comporte correctement, mais rien ne peut gommer mon obsession pour ses bizarreries. En planque au baby-foot, je le garde en ligne de mire: il écoute des ados chanter Bob Dylan, «*The answer, my friend, is blowing in the wind, the answer is blowing in the wind*», comme si aucun nuage ne planait à l'horizon.
Un déjeuner d'arrivée est organisé: hamburgers! Je reste à quelques tables de distance de ma famille. Je ne peux pas assister au massacre. Incognito parmi un groupe qui pense que je suis une des leurs, je participe au concours de celui qui peut manger la sauce la plus piquante et j'observe les miens.
De retour sur le parking, mon père accélère le pas. Alors qu'il s'approche de la voiture, son dos se courbe, comme brisé, dans un soupir si épais qu'il nous parvient à ma mère et moi. Elle se précipite vers lui, me laissant quelques instants étourdie avant de courir de toutes mes forces jusqu'à leurs deux corps enlacés. Ils semblent se maintenir debout comme deux cartes appuyées l'une contre l'autre. Je me glisse entre eux. Ça me fait penser aux sandwichs d'amour qu'on fait souvent tous les quatre: maman pain, Anton fromage, Léa jambon, papa pain. À la fin, je cherche leurs visages. La peur est dans leurs yeux. Limpide. Nous ressentons la même chose. Ils n'ont pas pu m'épargner cette fois-ci. En famille, la

vie est balisée, ritualisée, répétée. Hors de la famille, c'est le Far West, la jungle, la guerre. Je les supplie de ne pas laisser Anton là:

– Il va pas survivre ici! Ils vont le tuer!

De mon côté, je dois passer quelques jours chez une tante pour que mes parents puissent se retrouver. Comme d'habitude, rien ne se passe comme prévu. Au bout de trois jours, mon père doit retourner au *summer camp* pour apprendre aux équipes sur place comment procéder avec mon frère. C'est lui le Nord-Américain, à lui d'y aller. On reste ensemble, ma mère et moi. Les moments où je l'ai pour moi toute seule sont toujours trop courts.

Une brèche s'ouvre

«Benny»: voilà le prénom épinglé à côté du mien sur le panneau en liège. Je n'ai jamais passé avec mon frère le temps que je m'apprête à passer avec lui, la personne qui m'attend assise dans son fauteuil manuel sous les érables. Ses parents se tiennent debout derrière lui. Ils le protègent. On dirait qu'ils posent tous les trois pour une photo. De loin, il a le corps d'un petit garçon, mais en m'approchant je vois que ses cheveux sont poivre et sel. *Hellooo? Hi? Hey? Que dire? Je me sens si vide à côté des autres qui débordent de joie.* Alors je fais pareil, je sors mon plus beau sourire et me présente, trop enjouée, à l'américaine:

– Je m'appelle Léa, je suis française, c'est mon premier été ici, je suis teeellement ra-vie de vous rencontrer, en-fin! Comment ça va, Benny?

Qu'est-ce qui me prend? Un «*yes*» étouffé sort de sa gorge. Nous le regardons, ses parents et moi, en plongée. Alors que sa mère énonce toutes sortes de choses sur lui que j'entends comme un lointain bourdon, je le scanne. De là où je suis, il a l'air vulnérable, presque soumis. Pourtant, il me fixe droit dans les yeux, avec un sourire plein de grandes dents légèrement chevauchées. Je me demande quel âge il a. Son corps entier est crispé, maigre. D'après sa tenue, il est fan des Yankees, l'équipe de base-ball de New York. Ils doivent venir de là-bas.

– Il adore le sport, dit le père. Tous les sports, le foot, nager, le base-ball...

Frêle comme il est, j'imagine qu'il adore les regarder à la télé. La mère parle, le père parle, Benny ne dit rien. J'ai déjà vu mes parents faire ça avec mon frère, alors je m'adresse à Benny:

– Tu viens ici depuis longtemps?

Il regarde sa mère qui extirpe de son sac à dos un gros classeur noir. Il est coincé, ça fait durer le suspense. *Il est muet?*

– Qu'est-ce qu'il y a dans ce classeur? je demande.

Des dessins et listes de mots du quotidien triés par thèmes: «Hygiène», «Douche», «Manger», «S'habiller», «Sorties», et ainsi de suite.

Mon ami ne parle pas. Je n'avais pas songé à cette éventualité. Aucun problème en revanche pour affirmer ce qu'il veut: d'après ses parents, Benny comprend tout. «Oui» et «non» sont faciles à exprimer, il peut les prononcer à peu près ou hocher la tête. Pour le reste, il faut prendre le temps de trouver les mots dans les différentes catégories écrites sur ces intercalaires, il les pointera; sinon, on peut suivre cet alphabet et cette liste de chiffres aussi, il sait épeler et il adore papoter. *Et comment ça se passe quand on est impatiente?*

Notre cabane est très animée, je le vois par les fenêtres alors qu'on approche. Charlotte et Noah gesticulent théâtralement autour d'un grand blond franchement musclé: ils lui badigeonnent le corps de rouge à lèvres pendant qu'il s'étouffe de rire dans son fauteuil électrique. Voyant mon désarroi sur le pas de la porte, ils pincent la bouche dessinée sur son nombril pour lui faire dire:
– Salut, moi c'est Josh. C'est soirée sketchs ce soir, on teste des personnages!
Et me voilà catapultée dans un nouveau monde, une nouvelle dimension, où Benny détache soudain sa ceinture, pousse sur ses accoudoirs pour se mettre debout, me chope le bras et s'élance. *Il a vachement de force! Il marche? Je doute qu'il tienne en équilibre seul, mais il marche!*
On se fraie un chemin parmi les chaussures, les fauteuils, un chien, les valises, jusqu'à son lit, en dessous du mien. D'un coup de hanche qui me surprend encore, il effectue un demi-tour et se retrouve assis. La caisse à pommes est à ses pieds, il cherche à l'attraper. Si je ne fais rien il va se taper la tête

contre le sol alors je la tire d'un coup ! En collaboration, je sors ses vêtements de sa valise et il m'indique comment les ranger. Il veut son classeur. Je le feuillette et il m'arrête à la page « Jeux », sur laquelle il pointe « Puissance 4 ».

– Tu veux jouer à Puissance 4 ?

Il hoche la tête de haut en bas avec un petit bruit affirmatif. À côté de nous, le personnage ventral de Josh a trouvé un prénom : Jocelyne. Elle dit qu'il y a un championnat de Puissance 4 au nom de Benny ici, la *Benny Cup*, et que personne n'arrive à le détrôner. *Imbattable ? Voyons ça !* On lance une partie que je perds en très peu de coups. « Jocelyne » nous sermonne, ainsi que tous ceux qui n'ont pas encore fini d'organiser leurs affaires, et veut que je donne des ordres en français. J'invente un personnage sévère qui dit « Rangez vos affaires ! », en agitant l'index. Ils répètent après moi avec leur épais accent américain et transforment cela en un chant. On s'égosille. Benny danse assis, il se tortille, ses genoux cagneux s'entrechoquent jusqu'à le faire basculer en arrière et gigoter, sans pouvoir se redresser, vulnérable, comme un nourrisson, alors que cet homme a le double de mon âge. Je m'allonge à côté de lui.

– C'est ta manière de dire que tu veux faire la sieste ?

Sa tête valse de gauche à droite : non, non, non. *Évidemment que non.*

En explorant le sentier des cabanes, nous rencontrons des gens qui nous enlacent, Benny et moi, avec ferveur, comme si on se connaissait. Le bruit court qu'une cérémonie en l'honneur de proches disparus va se tenir dans la grange, un rassemblement laïque, spirituel, pour être ensemble dans le deuil. Chacun peut venir honorer son ou ses morts.
Sont disposés en cercle des tapis et une centaine de coussins. J'entends une fille dire qu'elle a perdu sa mère, une autre un enfant mort-né, quelques prénoms reviennent, des amis de la communauté. Les voyant tous s'enlacer, intimes, au fait de leurs peines mutuelles, s'embrassant, essuyant leurs larmes, je décide de ne pas me recueillir avec eux. Ce serait impudique et je n'ai pas de mort. Je garderai un œil sur Benny depuis l'extérieur.
Assise en tailleur, celle qui a perdu son enfant fait chanter un bol tibétain: la communion peut commencer. Je sors, accompagnée par un long sanglot, digne d'une pleureuse. J'essaie de voir qui l'a poussé mais ils sont trop nombreux, trente ou quarante, à peu près la moitié du groupe.
Dehors, rien à voir: on joue au foot. Une fille en déambulateur a le ballon, elle avance pas à pas, conservant la balle, déterminée, concentrée, elle passe à gauche, on lui renvoie, tout le monde siffle, applaudit, encourage, un adversaire tente de la dribbler gentiment, fait monter le suspense, rate, tombe

dramatiquement dans un râle, l'engagement est total, elle avance, encore, encore, encore et… buu-u-u-uttt ! Mari-na ! Mari-na ! Mari-na ! Mari-na !
Sans prévenir, ma vue se brouille, mes lèvres prennent le goût de sel, mes joues, mon cou, ma poitrine, tout est froid, mon tee-shirt se gorge, je leur fais signe de la main et sors mon téléphone pour faire mine de répondre à un appel. En pilotage automatique, mon corps se dirige vers l'autre côté de la maison principale où je pourrai me cacher. Mon cœur se serre, se serre, comme s'il allait imploser. Pour se calmer, il faut s'asseoir et respirer, je n'y arrive pas, je me penche en avant, ça sort, ça sort, c'est pire, un torrent, j'ai mal.
– Ça va ? Qu'est-ce qui t'arrive ?
Peter m'a entendue depuis l'intérieur de la maison.
– …
– Tu veux parler ?
– … Ça va, ça va.
– Tu veux un verre d'eau ?
– Non, c'est bon, je vais me calmer.
– Je peux rester avec toi si tu veux.
– Un ami a eu un grave accident de moto, j'ai juste besoin de quelques minutes pour accuser le coup.

J'ai menti. Je ne pouvais pas dire la vérité. Je ne la connais même pas.

Tout mais pas ça

Deux ans et demi plus tôt, à peine arrivée à Montréal pour mes études, j'ai voulu devenir animatrice de loisirs pour adultes porteurs de handicaps mentaux.

C'est à une heure de trajet de chez moi, proche d'une zone industrielle, moins bien payé qu'un travail de serveuse ou de vendeuse, mais je mesure l'importance de ce genre de service.

– Il n'est pas donné à tout le monde d'avoir des amis, une vie sociale... Nous proposons de pallier le manque d'autonomie et de moyens d'individus ainsi que de leurs familles, pour qu'ils sortent tout simplement de chez eux et soient dans un environnement agréable, me dit la femme autoritaire mais bienveillante qui fait passer l'entretien, avant de décrire la variété de «cas» plus au moins difficiles.

Elle me cuisine sur mon désir d'être là, ma compréhension de la mission, mon expérience avec ce public. Je lui parle de mon frère :
– Nous n'avons que deux ans et demi d'écart, j'ai tout suivi de près à la maison.
Le soir même, je reçois son appel pour me proposer de commencer sur-le-champ. Si tout se passe bien, il y aura plus d'heures à la clé.
On est quatre animateurs pour un groupe d'une quinzaine d'adultes âgés de vingt-cinq à soixante ans, hommes et femmes. Le temps d'accueil est très long, presque une heure pour enlever son manteau, aller aux toilettes, se laver les mains, dire bonjour à tout le monde. Leurs handicaps ont l'air plus lourds que celui de mon frère – le sien ne se voit pas toujours au premier coup d'œil – mais je sais que ça ne veut rien dire. Les semaines passent. Je m'adapte doucement, partagée entre soulagement et intrigue. Tous ces visages, ces corps, ces traits de caractère me ramènent à l'enfance, quand j'allais encore dans les centres d'Anton. Me voilà de nouveau réunie avec les êtres cachés, invisibles en société.

Mon acolyte, c'est Sophie. Un jour, elle a roulé vers moi avec sa coupe punk bleu électrique assortie à ses yeux.
– Mmm excuse-moi, mmm accident mmm…
– Quoi ?

– Un accident.
– Qui a eu un accident ?
– Mmmm toilettes, vite !
Elle en électrique, moi en marche rapide, on a foncé, juste le temps qu'elle m'explique, avec la drôle de manière qu'elle a de grommeler, comment la lever du fauteuil sans lui faire mal, une sorte de câlin en position de squat, appuis bien solides dans le sol, de part et d'autre de ses pieds. Elle s'est garée approximativement à côté de la toilette et en quelques secondes je l'ai enlacée, levée, ai trouvé notre centre de gravité, maintenu son dos d'une main, baissé son jogging et sa culotte de l'autre, en pivotant de quarante-cinq degrés vers la cuvette.
– Tu veux que je sorte ? j'ai demandé.
– Mmmm ben eh ben oui oh mmm tu vas pas mmm'regarder quand même...
– Je reste devant la porte, d'accord ?
– Oui, mmm non mais va-t'en, va-t'en quand même un peu plus loin, mmmm attends, attends mmmmhaha ça va, elle est drôle, elle...
Et on ne s'est plus lâchées. D'un après-midi à l'autre, les toilettes sont devenues notre planque avec Sophie, la cinquantaine, trop vieille pour les courses-poursuites entre animateurs et participants le long des couloirs, les embuscades à la sortie des salles, les parties de chat truquées pour rediriger vers l'espace d'animation, les barricades humaines

défoncées par des voitures béliers (les fauteuils roulants), les cris, les résignations et les accords de paix contre des biscuits.

À l'heure des activités, on danse sur de la variété, on se déguise, on se lance des balles ou on dessine pendant quarante-cinq minutes et je trouve le temps à la fois court et long. Tous les mercredis se ressemblent. Je préfère presque le bazar du début. Au goûter, la «collation», il y a ceux qui gobent la nourriture et en redemandent en prétendant qu'ils n'ont encore rien eu, des miettes plein le visage ; il y a ceux qu'on nourrit en peinant à les garder propres et qui se moquent de nous parce qu'on en met partout ; il y a les méticuleux qui observent l'objet du désir avec passion et dégustent, morceau par morceau, parfois miette par miette, impassibles. Ce moment-là a quelque chose d'un spectacle. Ensuite, on range, les prépare pour le départ – même routine qu'à l'arrivée, à l'envers et plus rapide –, puis ils patientent en manteau qu'un chauffeur vienne les chercher dans un van adapté pour les déposer chez eux, les uns après les autres. En trois mois, mon enthousiasme a disparu. Sans réellement savoir quoi faire, je veux qu'on cesse de consumer les minutes comme si elles n'avaient aucune valeur. Ce lieu qui a l'air de convenir à tout le monde me fait penser à une grande crèche pour adultes, pas stimulante, infantilisante. C'est vide, sans avenir. On fait du baby-sitting. Imaginer mon frère dans cet environnement m'est insupportable. Je ne veux pas de cette vie-là pour lui, je ne peux pas participer à ce système. Si j'atteins un jour l'étape de la résignation, comme dit ma psy, je ne me résignerai jamais à ça: j'abandonne mon poste en prétextant un changement d'emploi du temps.

Je veux que des gens traînent avec mon frère parce qu'il est sympa, qu'ils l'appellent à l'improviste parce qu'ils ont envie de faire des choses avec lui, hors association, hors supervision des adultes, hors d'un cadre quelconque. Je veux qu'il ait de vrais amis à lui, pas ceux de mes parents, pas les miens, pas la famille, pas des gentils bénévoles ou animateurs qui retournent à leur vie après. Je veux que d'autres gens ordinaires aiment Anton et qu'il participe au monde.

Safety third

Jeremy se lève peu avant 6 heures, tous les jours. Casque de musique vissé sur la tête, il part marcher le long du sentier des cabanes, marquant de courtes pauses pour observer les alentours et peut-être y déceler de la vie. Dans la maison principale, il actionne la machine à café, se sert une grande tasse, ajoute une belle dose de *half-and-half*, du sucre, et va la siroter dans le hamac, face aux montagnes.

Ce matin, je le rejoins dans la contemplation d'épais nuages rouges, roses, violets qui tirent leur révérence. Reste cette fine couverture gris-bleu déposée sur les cimes que le soleil peine à transpercer et qui laisse espérer un moment de grâce. Légers, on se balance en attendant qu'il vienne nous caresser.

– Léa, ça t'a plu le défilé ?

C'était il y a une semaine déjà, le défilé du 4-Juillet, la

fête nationale américaine. Déguisés en sirènes, poissons, poulpes et autres animaux marins frétillants, nous avons dansé et chanté derrière un immense canon à bulles, rôtis par le soleil, pour le plus grand plaisir des habitants de Bristol qui chaque année dévorent le spectacle depuis le porche de leur maison, drapeau américain, pelouse tondue, barbecue et glacière pleine de bières et sodas à une longueur de bras de leurs sièges de camping. Comme un concours est organisé pour élire la meilleure flotte (il doit y en avoir une quinzaine), chaque performance doit être épique et impeccable du début à la fin. Les jurés, disséminés parmi deux kilomètres et demi de foule longeant le parcours, jugent autant la créativité des costumes que l'esprit d'équipe. Nous sommes arrivés deuxièmes – la rumeur dit que c'est parce qu'on l'a remporté trop d'années d'affilée.

– Ouais, c'était marrant mais j'ai encore des ampoules aux pieds ! je réponds.

– J'ai attendu ce moment toute l'année, murmure Jeremy.

– Le défilé ?

– Non, ça, les matins au calme, les journées pleines.

– Tu fais quoi pendant l'année ? Tu travailles ?

– Trois quatre fois par mois je fais l'accueil dans une salle de concerts, mais je vais en ville autant que je peux. Je connais tous les commerçants du centre,

je vais les voir et on papote. Parfois ça me fait boire trop de café.
Jeremy vient ici depuis les débuts de Zeno, en 2008. Il connaissait Will, Peter et Ila de Jabberwocky, un autre camp qu'il a découvert quand il avait neuf ans.
– C'était dans le Massachusetts, un peu loin de chez moi dans le Maryland mais à Jabberwocky ils m'ont accepté tel que je suis et je me suis fait les meilleurs amis du monde, les meilleurs amis, mes amis pour toujours, et j'ai une reconnaissance infinie pour ça.
– Et ils avaient quel âge, eux ?
– Will, Peter et Ila ? Je dirais la vingtaine. Et quand plus tard ils ont créé le Cheshire Project pour faire des films, je les ai suivis, on en a fait plein, c'était incroyable, et maintenant qu'ils ont créé Zeno c'est encore autre chose parce qu'on a les comédies musicales et ce lieu incroyable, incroyable, oh comme j'aime cette montagne ! Tout est magique ici, la vue les arbres les feuilles le vent, c'est un enchantement permanent même quand il pleut. J'aime ma vie ici. J'ai les amis, les amours et une maison pour toujours.
– Vous avez fait quoi comme films ?
– Oh plein, plein ! Le plus gros c'était *Becoming Bulletproof* et je jouais un rôle principal ! Et sinon j'ai fait *How's Your News ?*. Ah, ça, c'étaient les meilleures années de ma vie, on a interviewé Hillary Clinton Will.i.am Ben Affleck John McCain André 3000, tu

connais ? Oh il fallait nous voir ! On a fait un tabac, un tabac !
Je sors mon portable pour chercher *How's Your News?* et découvre une série de six épisodes diffusée sur MTV en 1999, puis un film du même nom datant de 2003. C'est produit par Matt Stone et Trey Parker, les créateurs de *South Park*. IMDb le présente comme « un documentaire relatant les voyages à travers l'Amérique de journalistes et de leurs équipes dans un camping-car peint à la main. Chacun des journalistes a un handicap allant de la trisomie à la paralysie cérébrale et possède son propre style d'interview. L'approche de base est celle du reportage micro-trottoir et les échanges sont parfois déchaînés, parfois déroutants, mais toujours honnêtes ». Il me montre des extraits, je reconnais d'autres membres de Zeno. *Je regardais MTV à cette époque, pourquoi n'en ai-je jamais entendu parler ? Pourquoi on n'a pas ça en France ? Et sur toutes les chaînes du monde entier ?*
– Pourquoi ça s'est arrêté ? je demande.
– Ils avaient d'autres projets. C'est la vie, les choses vont et viennent, c'est la vie. Tu bois quoi ?
– Café au lait.
– *Half-and-half*?
– Lait.
– Pourquoi tu mets pas du *half-and-half*?
– Je préfère le lait.

– À la vanille ?
– Non, du 2 %.
– Ah c'est bien le 2 % mais je préfère le *half-and-half*.
– C'est moitié crème, moitié lait ?
– Ouais, l'équilibre parfait, tu veux goûter ?
– Ouais.
Très sucré.
Il gigote pour sortir de sa poche droite une poignée de friandises, des bonbons, des chocolats, des miettes de biscuits, en vrac.
– T'en veux ?
– Non, merci.
– Tu sais Léa ce matin je pense à mon frère. Je sais pas si tu le sais que mon frère est mort. C'est le troisième été et il me manque toujours autant, vraiment, il me manque beaucoup et je sais pas si ça va s'arrêter un jour, il paraît que ça change mais pour l'instant c'est pareil, c'est pareil pareil pareil.
– Je savais pas. Je suis désolée.
– Merci.
Je n'ose pas demander comment. On reste silencieux. Soudain il me prend la main, m'entraîne vers le bac à vaisselle sale pour qu'on y dépose nos tasses, la lâche pour attraper la grosse cloche qui sonne les réveils, les repas et les activités, et *ding ding ding ding* la fait tinter en direction des cabanes. Je le suis machinalement.

– Bonjour Zeno ! 8 heures ! C'est l'heure de se lever bonjour bonjour ici Jeremy votre dévoué sonneur de cloche qui a déjà pris deux cafés alors que vous ronflez *rroonnnpsshhh* Zeno, Zeno debout debout devinez où on va aujourd'hui Zeno on va où ? On va où ? Six Flags, Six Flags on va à Six Flags !

L'entrain de sa voix fait son effet : dans chaque cabane immédiatement les lampes s'allument, les douches se mettent à couler, les voix à chantonner. La vie est une fête du lever au coucher, partout, tout le temps, la vie est une fête. Benny m'attend assis sur son lit, pressé d'enfiler son short, son tee-shirt et sa casquette, 100 % Yankees de bas en haut, il doit en posséder mille. Aujourd'hui, on va dans un parc d'attractions dans l'Upstate New York. Maillot de bain, tenue de rechange, porte-monnaie, gourde, crème solaire, médicaments dans le sac, on fait l'inventaire et file petit-déjeuner : porridge au beurre de cacahuète et banane pour lui, œufs bacon pour moi. Je passe le contenu de son bol au mixeur au cas où et y ajoute de la purée de pommes. Il a déjà failli s'étouffer avec du poulet que j'avais pourtant bien mixé alors depuis j'en mets presque toujours deux bonnes cuillers à soupe, pour que ce soit plus onctueux.

S... i... x...

Il pointe chaque lettre sur son classeur à nos voisins de table.

– Six Flags ! Oui ! Tu connais bien je crois, Benny ? Ça va être super ! dis-je pour aller plus vite.
Notre cabane est le temple du pet, du rot, des déguisements. On se surnomme « Tête de chaussette puante », « Caca puant », « Pieds puants ». On vit en chansons de Madonna ou de Justin Bieber, en sketchs. On rit. Qu'est-ce qu'on rit ! Benny incarne le public discret de cette troupe, le gentil, le docile, le doux à côté duquel on s'installe pour regarder les autres énergumènes faire leur show. Il se couche sans problème. Il est souriant, motivé pour tout, facile. Oui. Oui, on passe du bon temps. Mais il est lent. Et je n'aime pas la lenteur, pas le silence, pas le vide qu'il peut y avoir entre nous, cette saillante solitude au milieu d'une foule, alors parfois j'accélère en prétendant l'aider mais c'est ma tension que je soulage et je réalise après que je viens de lui bouffer une occasion de créer du lien.
Sur les murs de la salle à manger sont placardées des paroles de chansons. Peter gratte fort sur sa guitare. Il entonne :
– *One, two, three, four and... I think I love you!*
Dorénavant, nous répéterons à la moindre occasion. Le temps est bientôt venu des trois représentations de notre production originale, *I Think I Love You*, inspirée de *West Side Story*, dans laquelle s'affronteront, au nom de l'amour, le Brady Bunch et la Partridge Family, des personnages de sitcoms des années 70.

Comme je pars deux jours plus tôt à un mariage, je m'occupe de la fabrication des costumes.

Avant cet été, je n'étais jamais montée dans un *school bus* à l'ancienne comme celui de Zeno. *Suis-je en plein rêve américain?* Ils l'ont habillé d'une fresque colorée mais l'intérieur est resté *vintage*: volant et pommeau ultra-fins noirs, banquettes en cuir gris clair. Benny a eu sa place favorite, tout à l'avant, contre la vitre. Elle offre le plus beau panorama, tout le monde la veut, mais les premiers rangs sont réservés à ceux qui ne peuvent pas marcher. Jumbo Dan fait son apparition en haut des marches, sa bouche grande ouverte signifie qu'il rit même si aucun son ne sort: rien ne l'amuse plus que Will et Thomas qui emploient toute leur force à faire avancer son poids mort d'un mètre quatre-vingt-dix. Je les aide à pivoter et on le cale à côté de Benny. C'est surtout la raideur de ses articulations qui rend la manœuvre difficile.
– Pourquoi «Jumbo Dan»? je demande.
– Parce que c'est un putain de géant! Mec t'es tellement lourd, faut que t'arrêtes la bouffe. Vous avez Jack in the Box en France?
– Je crois pas. C'est quoi?
– Mais nan! C'est quoi ce pays? Jack in the Box c'est une méga chaîne de fast-food. Genre Wendy's je sais pas… et le *Jumbo Jack* c'est un de leurs burgers.

Jumbo Jack – Jumbo Dan, tu pouvais pas capter la subtilité en fait. Et vous avez In-N-Out ?
– Ah okkk ! Non, on n'a pas.
– Vous avez pas In-N-Out ?!?!
– J'te jure. Mais ça va on a McDo, Burger King...
– Burger King, c'est bien ça, ok vous vivez bien. Mais In-N-Out quand même. Comment tu fais en rentrant de soirée ?
– Moi en général j'évite, mais sinon kebab !
– Un kebab. Jumbo, t'entends ça ? Un kebab ?! Ok, vous êtes trop bizarres vous les Français. Et au Canada tu mangeais quoi ?
– Une poutine.
– Merde... Intense... Tu m'aides à ranger son fauteuil ?
Je grimpe à l'arrière du bus, il me tend les poignées du siège.
– Je peux te poser une question ?
– Je sais ce que tu vas demander. Il a eu un accident de la route à vingt-quatre ans. Il rentrait de soirée avec des amis, ils avaient bu, le conducteur a perdu le contrôle de la voiture. C'est un miracle qu'il soit vivant. C'était un *frat boy* sportif qui se tapait plein de meufs – enfin ça c'est ce qu'il dit, mais il parle tellement de cul que je le crois. D'ailleurs il va t'inviter à la *prom night*, j'espère que t'es pas prise.
C'était bien ma question. Je ne suis pas prise mais Benny l'est, donc c'est parfait.

Sur Jumbo, tout indique la survie: les cicatrices sur ses jambes, ses mains, son torse, ses sutures, ses greffes de peau, son trou de trachéotomie, la rigidité de ses membres. Il a une amnésie partielle mais il comprend tout. On pourrait imaginer que non quand il s'affaisse, regard dans le vide, mais il fait juste une pause. De sa bouche, le son sort à peine. En remontant dans le bus je lis sur ses lèvres: «Tu es belle.» J'ai toujours été gênée par les compliments et je le suis d'autant plus que je sais que ça ne donnera rien. Je ne l'embrasserai pas. Je lui réponds qu'il est beau lui aussi, sans savoir ce que je pense vraiment de son visage quasi figé, en dissonance avec la tempête qui balaie tout dans ses yeux bleus.

Il paraît que sa mère garde toujours dans son sac un album photo de lui avant son accident. Elle le montre et, les yeux remplis de larmes, elle dit: «Jumbo est en vie! C'est un message de Dieu. Mon fils est là pour nous enseigner quelque chose.» Le père parle moins, semble-t-il. *Encore un de ces types qui se la jouent dur. Enfin, peut-être pas. Parler s'apprend, tout comme pleurer.* J'aimerais la rencontrer, sa mère, et voir ces photos d'il y a vingt ans. Ils allaient vite, la voiture a fait des tonneaux et il en a été expulsé sur une autoroute à quatre voies. Les autres n'ont pas eu de séquelles importantes.

Nous sommes quatre-vingt-quatre, répartis entre le gros bus, trois vans et quelques voitures. Je m'installe au fond avec Jeremy.
– Bonbon ma chère chère Léa ?
– Non merci mon cher cher Jeremy.
– Eh, tout le monde ! Écoutez par ici ! Que dit un requin quand il mange un poisson-clown ?... Vous savez pas ?... Personne ?... Personne sait ?... Il dit : « Tiens, quel drôle de goût ! », pouahaha.
Sur un carré de pelouse, à côté de l'entrée, deux membres de l'équipe Six Flags nous distribuent les bracelets en papier vert dont on aura besoin pour entrer dans le parc. Zeno est au paroxysme de l'agitation. Un groupe se canalise en chantant et chorégraphiant « Baby » de Justin Bieber, Caleb anime une séance d'abdos-pompes, Jeremy fait les cent pas, Thomas donne à boire à Jumbo, une queue se forme devant la table de pique-nique où sont disposées des boîtes avec les mêmes sandwichs que d'habitude : jambon, dinde, végé et PB&J dont j'ai finalement appris la signification : *peanut butter and jelly*, beurre de cacahuète et confiture.
On se disperse par cabanes pour la journée. Il y a vingt-sept Six Flags dans le monde, qui portent tous des noms différents. Nous sommes au Great Escape. À perte de vue, des stands de jeux, montagnes russes, manèges à thèmes, parcs aquatiques. Ça grouille de

monde. Si on s'en sort sans perdre quelqu'un, ce sera un miracle.
Notre premier arrêt est aux toilettes, j'installe Benny chez les hommes et je ressors.
– Tu me files un coup de main ?
Trevor, que j'ai vu travailler autour du camp, maçonnerie et autres choses, me tend trois glaces vanille avant d'entrer à son tour. Il fait chaud, elles coulent, je les lèche toutes. Les minutes passent. *Il est gonflé, je sais pas s'il est là en touriste mais on m'attend, moi... Je me demande ce qu'Anton penserait d'un parc d'attractions comme celui-ci : tout ce bruit risquerait de le stresser à mort.* Mes parents m'envoient régulièrement des SMS : « Alors, tu leur as parlé d'Anton ? » « Pas encore », je réponds. Je m'occupe de ma propre intégration et j'étudie le terrain.
Benny et Trevor sortent, suivis de Jumbo et Thomas. Je rends les glaces fondues. *De quel droit il m'a pris Benny, celui-là ?* Ils veulent aller au Flashback, une montagne russe où le train va à l'envers.
J'aime être avec des garçons. Aujourd'hui, ce sont mes garçons.
Le Handipass nous permet de sauter les queues en passant par la sortie. Autos tamponneuses, manèges, arcades. En haut du serpentin du Flashback, un employé désolé refuse que Benny et Jumbo embarquent « pour des raisons de sécurité, mais ils peuvent vous attendre au bout du quai pendant

que vous faites le manège. Je pourrai pas toujours avoir un œil dessus en revanche». *Trop aimable.* On fait bloc et le type change d'attitude, il se colle une expression excessivement neutre sur le visage, façon *bad boy* qui a tout vécu:

– Vous savez, c'est pas moi qui fais les règles. C'est le parc. C'est même le big boss du parc. Le big boss du parc, il définit ses règles selon les assurances. Ça se passe au sommet, pas ici. C'est plus compliqué pour les gens comme vos amis. Vous le savez très bien. C'est compliqué parce que, voilà. Ils sont… voilà. Donc excusez-moi je veux pas dire du mal mais c'est vrai. Moi je peux pas perdre mon job pour eux. J'ai trois bouches à nourrir, même si je suis jeune j'en ai trois et avec ma femme quatre. Je suis quelqu'un de bien. Je suis un père responsable. Là je suis responsable de vous aussi. Donc. Si vous acceptez pas ma décision qui n'est même pas vraiment la mienne j'appelle la sécurité. J'ai pas le choix. Vous me donnez le choix?… Pas vraiment. Et si vous continuez comme ça, vous me donnerez plus du tout le choix.

Thomas et Trevor demandent à parler au responsable. *Comment ils font pour rester calmes?* Je fais mine de chercher quelque chose dans le sac de Benny pour éponger mes yeux. À côté, le petit train continue de prendre des passagers, puis d'autres, puis d'autres, un petit monde qui tourne tranquille pendant que nous, je ne sais même plus ce qu'on fait. On se donne en spectacle.

Arrive une grande maigre nonchalante avec un sourire pas commode.

– Alors c'est quoi le problème là, les jeunes ?

Et elle fait claquer son chewing-gum.

– Le problème, dit Trevor, c'est que votre collègue...

– Martin, dit le collègue.

– Martin. Martin refuse que nos amis embarquent dans le Flashback pour des questions d'assurance que nous savons fausses puisque nous faisons ce même manège ensemble depuis des années. Si le règlement a changé entre-temps, nous partirons, mais j'aimerais développer car nous sommes face, me semble-t-il, à un joli cas. Martin doit se dire qu'il fait une bonne action en refusant cet accès: «Ils sont en fauteuil, ils sont fragiles, je ne veux pas qu'il leur arrive quelque chose sous ma responsabilité.» Protéger son prochain, c'est honorable, mais exclure des gens sous prétexte qu'ils sont en fauteuil, refuser le dialogue, ne laisser aucune chance à la situation de s'améliorer, juger sans adresser un mot aux condamnés, ce n'est pas sérieux. User de son pouvoir de cette façon, c'est en abuser, c'est une entrave à la liberté, c'est une atteinte à l'honneur, à la dignité, à la réputation, car oui, en refusant l'accès du Flashback à nos amis devant un parterre de visiteurs et ce, malgré nos efforts, vous nous diffamez tous et c'est un délit. Pourquoi ne pourraient-ils pas monter sans crainte ? Pourquoi, Martin, ne vous êtes-vous pas adressé à eux une seule fois depuis le début de notre différend qui *les* concerne ? Il semblerait que ce soit vous que l'on doive craindre. À vous de prendre le pouls de votre humanité et de choisir votre camp, celui d'un homme qui condamne à l'incapacité et à l'indignité éternelles, ou celui d'un homme qui donne une chance et choisit la vie.

Je croise le regard de la responsable, j'espère qu'elle voit ma détresse, je veux me désolidariser de tous ces gens, *je suis pas comme eux, je vous jure.*

Sans prendre la peine de rentrer la gomme qu'elle a calée entre ses dents de devant, elle dit :

– C'est quoi ton nom ?

– Trevor.

– Trevor, moi c'est Dina. Trevor, par où commencer ?... Je vais être plus synthétique que toi, Trevor. T'es allé un peu loin et je sais pas si t'es l'avocat du siècle, mais merci ! y avait du bon là-dedans. La dignité, tout ça. Martin, t'en penses quoi ?

– Ben, il a fait un beau discours mais les règles, c'est les règles, répond Martin.

– Quelles règles ? Y a des règles pour les handicapés sur ce manège ?

– Ben oui. Oui, y a.

– Quand je viens avec Latisha y a des règles ?

– Ben non mais toi c'est pas pareil c'est ta fille...
– Tu refuses les autres handicapés ?
– Ben c'est dangereux ! S'ils se font mal et nous attaquent en justice après, on est embêtés ! Je minimise les risques pour tout le monde ! La règle c'est *safety first* pas *safety third* ! La sécurité d'abord !
– Donc tu laisses ma fille prendre des risques que tu laisses pas d'autres prendre ? Martin, si tu refais ça c'est ton poste qui sera en danger. Ton travail c'est de faire kiffer les gens sur un manège, d'accord ? Pas de sauver des vies. Allez montez ! Allez, allez ouste, j'ai pas le temps pour ces conneries.
Trevor et Thomas lèvent Jumbo avec grâce. Benny et moi optons pour la traversée du quai, à pied. Admirez le spectacle ! Oui, admirez-nous ! Regardez-nous ! *Safety third!*
À la fin du tour, Dina est partie. Je fais un signe de main à Martin pour dire merci. Il répond :
– De rien. Il faut apprendre de ses erreurs.
– Le remercie pas, me dit Thomas. Il a rien appris du tout, c'est les paresseux bien intentionnés comme lui le problème.
– Je te trouve dur, c'est pas une flèche mais il voulait pas mal faire.
– Dur ? Ça se voit que c'est pas ton quotidien.
– Ah bon ?
– Ouais, ça se voit.

– Mon frère a un handicap mental donc t'inquiète, j'ai même grandi avec ce genre de situation.
– Ah ouais ? Et tu remercierais un mec qui a humilié ton frère en public ?
– C'était une manière de calmer le jeu, c'est bon !
– Je trouve pas que ce soit bon, mais c'est toi et ta conscience.
Connard.
Je trace avec Benny jusqu'à l'Adventure River, du rafting dans une rivière artificielle. On y croise le groupe de Jeremy, tigre en peluche sous le bras pour sa copine. On parle de nos péripéties et ils nous racontent que sur une autre attraction quelqu'un du groupe aurait vomi dans la bouche d'un autre, qui aurait vomi à son tour. C'est dégueulasse et on s'esclaffe tous en répétant combien c'est dégueulasse et combien on est heureux que ça n'ait pas été nous et on demande qui c'est. Qui c'est ? Qui sait qui c'est ?
Trevor a un tee-shirt Marvel et les expressions clownesques des gens pas sûrs d'eux. Son discours était bancal mais il a eu du cran. Il me surprend en train de l'observer et dit :
– T'aimes Marvel ?
– Pas vraiment.
– Ah ouais ? T'aimes quoi alors ?
– Je sais pas, je préfère les histoires vraies.
– Tu t'évades jamais ?

– Si, je m'évade.
– Comment tu t'évades ?
– Je sais pas, je m'évade ! Comment tu t'évades toi ?
– Je vais marcher et je fabrique des trucs.
– Tu fabriques quoi ? Je t'ai vu bosser sur les cabanes au camp.
– Ouais, je teste la vie dans le Vermont en ce moment. Le mari de ma cousine, Bobby, il me dépanne en me faisant bosser sur la propriété de Zeno. Je m'incruste un peu partout quand je peux.
Bobby avec qui on a fait le tipi ? Oui. Trevor doit avoir cinq ans de plus que moi, il vient de la banlieue de Cleveland, il ne veut pas y retourner et, concrètement, il galère. Il me raconte les dessous de Zeno. Les fondateurs lèvent des fonds toute l'année et sollicitent des amis mécènes pour assurer l'essentiel : logement, nourriture, activités. Que de l'argent privé, des fondations... Les quatre-vingts et quelques personnes qui viennent font le reste : support humain, physique, psychologique, ambiance, attitude. Il dit :
– Moi j'adore voir Benny galérer à passer le balai. Chez lui personne lui demande de passer le balai. Personne se dit qu'il en est capable. Personne se dit : *Tiens, on va prendre notre temps pour passer le balai pour que Benny ait la possibilité d'aider aux tâches ménagères*. La majorité des gens ici participent jamais au quotidien. Et ceux qui peuvent pas tenir

un manche, ils ont toujours un son à proposer. Sans musique, pas d'ambiance !
– Oui, c'est pas que les valides qui ont le bon rôle quoi.
– Voilà ! Tu piges vite pour une nouvelle : manquer d'autonomie veut pas dire qu'on n'a rien à donner ou à transmettre. Tout le monde a un rôle à jouer.
Tout est gratuit, personne ne paie, personne n'est payé, et pour ceux qui ne peuvent pas se permettre les billets d'avion pour venir au camp et repartir, il y a une aide possible, mais on ne le crie pas sur tous les toits. Trevor ne pense pas qu'elle dépende des revenus ; vu la mentalité des directeurs, ils doivent se dire que ceux qui prennent la peine de demander sont réellement dans le besoin. *J'imagine qu'ils plafonnent avec un budget maximum quand même.* Leur démarche entière est basée sur la confiance et ce geste est une manière supplémentaire de brouiller les barrières sociales. Avec ce principe d'amitié, on ne mesure pas les efforts fournis, on ne compte pas, il n'y a pas de hiérarchie. *Exit* les notions de service, d'assistanat, de travail.
Je trouvais naïve cette notion d'amitié, naïf d'articuler ce lieu autour, mais j'ai compris : c'est un idéal. L'amitié ne se justifie pas, ne s'explique pas, ne se quantifie pas. Zeno est une utopie en action dans laquelle on expérimente un autre monde, avec un certain nombre de difficultés en moins et un certain

nombre de difficultés en plus. Tous ceux qui viennent ici acceptent consciemment ou inconsciemment de jouer ce jeu-là. C'est un terrain de recherche et un terrain de jeu.

Après le dîner, comme tous les soirs, il y a le *safety meeting*, l'occasion de faire un point sur la journée. En principe, c'est pour ceux qui sont responsables de la sécurité d'un autre, mais tout le monde peut y participer. Puisqu'on est fatigués après le parc d'attractions, pas de soirée prévue. Je couche Benny et m'installe dans la grange en attendant les autres. Caleb fait du breakdance sur le solo de batterie de Jeremy.

– Tu joues super bien ! je dis, impressionnée.

Jeremy m'explique que la plupart des gens qui ont le syndrome de Williams comme lui ont un don pour la musique. Il n'a jamais pu apprendre à lire une partition mais quand il a des baguettes dans les mains c'est une évidence, il a l'oreille absolue. Il me demande si j'avais déjà rencontré des gens avec le syndrome de Williams avant lui. Honnêtement, je n'en avais jamais entendu parler.

– C'est vrai ?! On est pas mal pourtant. Ça me rend unique à tes yeux ?

– Évidemment !

– Je t'aime, Léa.

– Moi aussi je t'aime... Tu sais quoi ? La première fois que je t'ai vu, j'étais certaine de t'avoir déjà

croisé quelque part, donc j'avais déjà dû voir des gens avec tes traits de visage sans me douter que c'était un syndrome. Quand Kate est arrivée par exemple, j'ai cru que c'était ta jumelle !
– T'es pas la première. Kate est cool. Tu sais qu'elle est championne paralympique de natation ?
– Alors que toi tu détestes l'eau.
Eh oui, lui préfère papoter au bord de l'eau. Petit, sa mère ne comprenait pas qu'il préfère discuter de musique classique et de la vie avec les parents des autres enfants plutôt que de jouer avec eux.
Il me demande de le décrire.
– Cheveux bruns bouclés parsemés de gris, petit nez retroussé, menton étroit, grand sourire avec de petites dents, les yeux légèrement rapprochés, un cou fin, une gentillesse exacerbée, sans filtre, une excellente mémoire, le goût des belles choses, un prodigieux musicien.
– Tu sais ce qui me fait plaisir ?
– Quoi ?
– Que tu décrives pas mon handicap et que tu me demandes pas de le décrire. J'ai été diagnostiqué à neuf ans. Je parlais tellement bien que personne ne comprenait ce que j'avais. Les recherches sur le syndrome de Williams sont récentes, il a été découvert en 1961. Savoir ce qu'on a c'est bien, mais le vrai défi c'est de vivre une vie heureuse. Je t'aime vraiment beaucoup Léa.

– Moi aussi.
Moi aussi.
Enfoncée dans un canapé trop mou, je scrolle sur Instagram et Facebook pour voir les photos de vacances de mes amis. Il y a plein de groupes à droite à gauche. J'envoie une salve de: «Vous me manquez, l'année pro vous venez avec moi, c'est indescriptible ce lieu, trop fou, trop incroyable, non c'est pas du bénévolat je te jure!» Et puis je me retiens de chercher «syndrome de Williams».
Quand tout le monde est là, Will adresse un rappel à tous:
– Les moins de vingt et un ans n'ont pas le droit de boire d'alcool. Si cette règle n'est pas respectée, les concernés devront faire leurs valises.
Je ne l'avais jamais vu si sérieux. Tout le monde prend un air étonné. *Il sait que j'ai vingt ans? C'est vraiment la honte s'il sait.*
Heureusement, on passe vite à autre chose. L'un après l'autre, chacun donne son impression sur le camp, les défis, les petites victoires, l'ambiance dans les cabanes. À les entendre, tout est normal, tout glisse, tout se passe bien. J'essaie d'imaginer quelle fêlure a bien pu les amener ici. *On répare quoi? Individuellement, ensemble, handicap, pas handicap. On est tous fêlés, c'est obligé. Tous les humains sont fêlés.*
Les journées sont si denses, chaque nouvel événement rajoute en moi le poids d'une brique que je

pulvérise le soir en dansant. Il paraît qu'à vingt ans on est libre. Il y aura toujours mon frère, et je ne sais ni vivre avec, ni vivre sans.

Bain de minuit

Au bord de la petite mare, on n'éclaire plus qu'en cas d'urgence. La lune scintille à la surface de l'eau, entourée d'un ballet de lucioles et d'herbes hautes. Mes yeux s'habituent à l'obscurité. Ce soir d'été aurait mérité un petit gilet.

Au chant des criquets se superposent les bruits des canettes qu'on ouvre, des tissus qui frottent, des boucles de ceinture, des gorgées rapides, un long rot, des rires gras. Le ponton craque sous les pas rapides des filles et des garçons qui se jettent à l'eau, un à un, en criant. Dans un film, des feux d'artifice auraient illuminé l'arrière-plan. Ici, c'est la Voie lactée.

J'enlève mon short, mon débardeur.

– Vous avez tout enlevé ?!

Je le fais pas si tout le monde le fait pas.

La nature, la nuit, je n'aime pas trop. Je passe par la petite plage où la journée on peut voir des têtards.

L'eau est plus chaude que l'air. Je laisse pendre mes bras pour voir ce que ça fait d'être sans protection face à ces nouveaux amis qui discutent, nus, sans se préoccuper de moi. Une voix demande si on a déjà vu une baleine dans une mare et plonge en laissant dépasser ses fesses hors de l'eau. Ça fait rire tout le monde.
Ils l'ont tous déjà fait, être nus ensemble. Pour moi, c'est le grisement premier.
Voilà, je le suis. Je suis nue. Je ne peux plus rien cacher de ce corps que je n'aime pas. Alors quoi ? C'est tout ce que ça fait ? *Être nue avec mes amis proches serait impossible. Je les connais trop bien. On n'aurait aucune raison de se retrouver nus ensemble si ce n'était pour se mélanger. Ici, c'est comme* ground zero. *Le point de départ, l'origine, avant l'explosion. On peut être nus ensemble sans que la température grimpe. On peut être nus ensemble juste parce que c'est agréable.*
Mes bras se sont naturellement écartés. Ils annoncent 19h20. Il doit être 1 heure du matin. *Inspire. Expire.* Mes tétons forment de petites stalagmites, ma peau les dunes du Sahara, mon sexe à moitié immergé un iceberg. Quand ils ont froid, mes seins prennent une jolie forme ronde et ferme de jeune femme, quand ils ont chaud, ils ont l'air d'être faits pour allaiter. Je me laisse aller sur le dos, en étoile, et trouve une main. Nos doigts s'entrelacent, je ne veux pas savoir qui c'est, on ne dit rien. L'eau

s'engouffre dans mes oreilles, je n'entends plus que mon pouls et des ondes étouffées.
À l'école primaire, en classe de transhumance, j'ai appris à repérer les satellites et à reconnaître certaines constellations. J'identifie la Grande et la Petite Ourse en quelques secondes. *Je ne sais plus si les étoiles sont les soleils d'autres planètes. Je crois que oui. À quoi ressemblent les êtres des autres mondes? Est-ce que, quelque part dans l'univers, quelqu'un vit ma vie en pareil ou en différent? Une version plus jeune ou plus vieille? C'est moi qui vis la sienne? Si le monde avait été autrement, quelle aurait été la place d'Anton? Si Anton avait été autrement, comment aurait été notre vie?*
Ces bains nocturnes deviendront mes moments privilégiés pour y songer, mais pas trop. Je serai toujours interrompue par un air de guitare ou des chants venus de la rive, une musique qui me gardera suspendue, loin, aussi loin que possible de ma vraie vie.
Ensemble, face à l'univers, nus, comme à notre arrivée dans le monde, on nourrit, à la lueur des étoiles, l'aube de notre vie, l'espoir de notre vingtaine.

Un tableau craquelé

J'ai vingt-neuf ans. À vingt ans déjà, j'imaginais l'annoncer: «Je suis enceinte.» Calmement. Apaisée. *Vingt-six serait plus raisonnable,* me disais-je, *il faut une situation.* Je voulais d'abord un garçon et, deux ou trois ans plus tard, une fille – comme nous, pour être témoin de la relation qu'on n'a pas eue, pour avoir la vie de famille que je n'ai pas eue. J'ai accepté un autre scénario, je n'en suis pas déçue, j'ai toujours su m'adapter, mais je voulais. Je voulais réparation. Encore au lycée, j'avais lu sur Internet que, lorsqu'il y a un handicap génétique dans la famille, on a droit à des tests approfondis pour connaître notre probabilité d'avoir un enfant porteur d'un quelconque syndrome. Les résultats sont croisés avec la génétique de l'autre parent, ça donne d'autres statistiques. Je ne pense pas être concernée: Anton, ce n'est pas génétique. Il était aussi écrit qu'on pouvait avorter jusqu'à terme s'il y avait suspicion de maladie ou de handicap, et j'ai plus récemment appris qu'il est banal de proposer aux jeunes parents dont le nouveau-né serait «imparfait» de le laisser dans une pièce où il sera confié aux services sociaux. Ça se fait avant ou après la rencontre. Comme ça.

La valeur de la vie de ces enfants n'est pas la même, c'est clair, c'est net, on n'essaie même pas de le cacher. Les parents peuvent être préservés d'une existence dont ils ne voudraient pas, et les enfants préservés de parents qui ne seraient pas à la hauteur. Hauteur. C'est vrai. Ça demande de la hauteur et une certaine férocité d'élever un enfant décalé.

Pour sauver ces vies-là, le corps médical préconise en premier l'abandon.

L'addition de ces faits crée un vide en moi. Je porte mon premier enfant. Mon gynécologue m'a prescrit le dépistage des trisomies 13, 18 et 21. Je devrai signer une décharge si je décide de ne pas le faire. L'évidence avec laquelle je vois des couples autour de moi passer cette étape me bouleverse.

Je suis pour le droit à l'avortement, mais j'ai toujours pensé que, hormis un drame, et je n'inclus pas le handicap dans ma définition, je ne pourrais jamais avorter. J'ai besoin de croire en ce que la vie peut apporter d'imprévu, c'est lié à mon histoire et c'est un sentiment intime que je n'imposerai jamais à personne. Il appartient à chacun de décider de ce qu'il se sent capable d'affronter. Babouchka, ma

grand-mère maternelle, disait: «Un enfant vient toujours avec son lot de bonnes nouvelles.»
Et pourtant. Lorsque j'entends parler de l'insouciance de l'enfance, je ne sais pas comment l'appliquer à ma vie. Quand certains aimeraient y retourner, je me demande ce qu'il y avait de si bien. À la recherche de souvenirs pour écrire ce livre, je parle avec ma mère de cette douceur enfouie. Elle me raconte des événements et des sensations dont je ne me souviens pas et l'énergie entre nous devient électrique: elle pense que je lui fais des reproches, ou que je le fais exprès, elle entend «échec», mais elle se trompe. Pour me convaincre qu'on était heureux, elle dit que j'adorais mon frère, que je suis capable d'aimer parce que j'ai été aimée, et comme je reste de marbre elle ajoute: «On dirait que tu ne nous aimes pas», en retenant ses larmes, et je m'en veux. Je les aime, bien sûr, bien sûr que je vous aime, mais dire que le passé appartient au passé, qu'il faut avancer, c'est trop facile. C'était mon entrée dans le monde, c'est ma cornée, ça irise tout ce que je connais. Ça ressemble à un texte à trous, un tableau craquelé, une bobine de film rayée. Pourquoi, si on s'aimait? Qui a pris ces années? Qui a pris mes souvenirs et ma paix?
– Les professionnels disaient quoi des frères et sœurs? je demande.
– Un seul médecin a dit, quand tu avais trois ans, que tu ne ferais pas l'économie d'une thérapie. Tu

avais dit en fixant ton frère: «Parce que, Anton, il parle pas», comme ça, suite et fin d'une pensée.
Je cherchais déjà à m'expliquer la différence de traitement entre lui et moi.
À part ça, elle dit qu'on ne parlait pas des frères et sœurs à l'époque. On disait qu'il fallait nous protéger, nous épargner, nous éloigner des problèmes.

Dans son livre, *Le Voyage d'Anton*, ma mère écrit à propos d'elle-même: «Si la mélancolie c'est le bonheur d'être triste, alors elle me va bien. Elle va avec l'ardeur des sentiments, l'attente, l'amour.» Elle est bien plus pudique que moi, mais c'est la preuve qu'on se comprend.
En balayant des yeux une bibliothèque, je tombe par hasard sur un autre livre: *Notre besoin de consolation est impossible à rassasier*. Extrait de la quatrième de couverture: «... ce texte où Stig Dagerman, avant de sombrer dans le silence et de se donner la mort...». Bon. Je ne l'ai pas encore lu. Mais le titre me reste en tête.

Une proche de la famille avait accouché quelques jours avant la naissance d'Anton. Lorsqu'elle a su pour ses troubles du développement, elle a dit à ma mère: «Quand je pense que ça aurait pu m'arriver!» En grandissant, elle m'invitait aux anniversaires de son fils, «mais sans Anton, tu comprends, c'est difficile pour les autres enfants, ils sont trop jeunes, et ça fera du bien à Léa de changer d'air». Ma mère encaissait les coups et saisissait chaque occasion pour que j'aie ces fameuses pauses hors de la maison, pour que mon frère ne me pénalise pas, on ne jouait pas ensemble de toute façon. Un jour, elle est venue me chercher avec lui. J'ai demandé pourquoi il n'avait pas passé l'après-midi à la fête, comme les autres.

«Parce qu'il n'était pas invité.

– Pourquoi ?

– C'est difficile avec Anton, ma chérie.»

À partir de ce jour-là, j'ai refusé les invitations de ces *proches*.

Genèse de Zeno

L'été touche à sa fin. J'ai hâte de partir.
Baignades, friperies, *creemies* (la version locale des glaces à l'italienne), équitation, yoga, foot, escalade, restaus, dîners endiablés, soirées charades, bingo, fêtes, fabrication à la main des costumes et des décors de la pièce. J'ai perdu le fil des jours, des heures, même des minutes, et je ne pense plus qu'à m'extraire de cette apparente légèreté, de ce tourbillon de choses simples qui ne le sont pas pour moi. On est en train d'attacher des ficelles aux poignées d'un fauteuil roulant électrique pour qu'il tracte une queue leu leu de gens déguisés à rollers quand Peter surgit de l'arrière d'un buisson avec son utilitaire chargé de poubelles. Il s'arrête à ma hauteur, devant la maison principale. Il a besoin de bras. On démarre tous les deux en direction de la forêt, ouvre les grosses bennes métalliques verrouillées par des cadenas pour les ours et décharge tout, à la main.

C'est sauvage, le Vermont, et grandiose. Une campagne verte et vallonnée où se succèdent vaches, chevaux et bâtiments agricoles ; des villages qui font penser à un décor de western, malgré les grosses enseignes de supermarchés. Peter et Will, après leurs études ici, s'étaient promis de revenir. Quinze ans plus tard, ils l'ont fait : leur ambition autour du Cheshire Project évoluait, avoir davantage d'espace devenait indispensable. Leurs épouses, Ila et Vanessa, ne connaissaient pas bien la région. Pour leur faire découvrir les joyaux du Green State avec la perspective de s'y installer, ils ont organisé des séjours découverte en famille : ski l'hiver, baignade dans les rivières l'été, randonnée à toutes les saisons, récolte du sirop d'érable, cueillette de fruits... Le tout dans une atmosphère délicieusement décontractée. Pas l'ombre d'un doute : on est bien ici. Alors les visites ont commencé.

« Zeno Mountain Farm » était déjà le nom de la propriété : bâtisse principale à retaper, camping-car Air Stream abandonné, mare, forêt, vues sur la vallée du lac Champlain... Un diamant brut.

Peter et Ila se sont installés au beau milieu des bois, dans une maison située au bout de la route de terre qui passe au-dessus de nous. Will et Vanessa avaient fait la même chose de l'autre côté du terrain et, finalement, avec les enfants, ils ont préféré Bristol, la petite ville à dix minutes de voiture, laissant leur construction provisoirement inhabitée. Mission poubelles accomplie, on saute dans l'utilitaire pour aller la voir, en slalom entre les crevasses, jusqu'à un plateau en friche où trône une grande yourte en bois à laquelle est intégré l'Air Stream métallique *vintage*: un côté a été découpé pour le souder au bâti de la yourte et l'intérieur a été vidé pour le transformer en chambre. L'avant de la construction surplombe la vallée. À l'arrière, la forêt. À gauche, encore des arbres au travers desquels on peut apercevoir le camp. À droite, un versant. J'inspire profondément. Waouh.

Pour prendre la température des gens du coin et se faire des amis, ils ont fait le tour des commerces en parlant de leurs intentions et accueilli avec des barbecues tous ceux qui venaient les aider à investir le lieu.

– On se baladait tout le temps dans cette petite parcelle de bois, m'explique Peter pendant la descente. On voulait y créer quelque chose, sans bien savoir quoi. Il fallait loger tout le monde. La maison a quelques chambres mais monter les fauteuils dans les escaliers, laisse tomber... et on avait plus d'ambition que ça. Les yourtes, c'était une idée, mais il fallait que ce soit spécial, pas des bungalows qui font résidence hôtelière, tu vois. Plusieurs voisins mentionnaient B'fer, un gars spécialisé dans la fabrication de cabanes dans les arbres. On l'a rencontré,

le courant est passé tout de suite, alors on s'est mis à réfléchir à une architecture qui se fonde vraiment dans l'espace. Que chaque construction soit différente, ait de la personnalité, une âme. Et voilà ! Il a ramené son équipe, du bois, des grosses machines, du savoir-faire et on a fabriqué des merveilles. C'est fun de travailler dur pour des choses qui comptent.
Le tour se termine devant ma cabane, au moment où la cloche sonne le départ vers la cascade.

– Ton frère vient l'année prochaine ?

– S'il est invité, bien sûr qu'il viendra !

Vite, j'écris un SMS à mes parents : « Peter a parlé d'Anton ! Il demande s'il vient l'année prochaine ! Envoyez un mail pour réserver sa place ! Je pleure ! »

2.

J'accélère

(2016)

Anton est là

Sur le parterre de briques, à l'avant de la maison principale, ils me dévisagent. Will, mon père, ma mère. Seul Anton m'ignore. Ma réaction est totalement disproportionnée, moi qui pleure beaucoup, je pleure comme jamais, le visage déformé par les spasmes. J'essaie d'enlacer mes parents mais mon corps répond de travers. Je piétine, je sursaute, en répétant «Oh mon Dieu». *C'est ridicule. C'est ridicule. Je suis sûre qu'ils le pensent aussi. Mais tout est débridé.*
Je suis arrivée au début du mois, mon frère vient pour les deux dernières semaines. Nous ne serons pas ensemble: décision des directeurs. Nous qui pensions qu'ils ne l'accepteraient pas sans ma supervision... Très à l'aise, il dit bonjour à tout le monde en français avant de s'évaporer. Comme une rumeur qui se répand, on vient me voir en disant qu'il y a un nouveau *French boy* que je vais adorer.

Jeremy nous escorte vers la cabane d'Anton comme s'il était le maître des lieux, en les nommant toutes, ainsi que tous les gens que l'on croise.

– Mesdames et messieurs, bienvenue à *Long Way Up*, la cabane du bout du chemin!

Il pointe sa couchette puis celle d'Anton juste en dessous, indique les toilettes, la douche, l'interrupteur pour la lumière. Mes parents s'émerveillent devant la charpente en bois et ressortent pour vérifier, comme je l'ai fait un an plus tôt, comment ce chef-d'œuvre tient à cet arbre.

Sur pilotis.

Assis sur un lit qui n'est pas le sien, Anton demande:

– C'est quand on va faire l'apéro?

– Plus tard, mon frère, plus tard.

On prend un petit utilitaire pour se rendre à la mare en bas de la propriété. Les chemins sont abrupts. Mon père se baigne, demande si ma mère et lui peuvent rester pour le dîner, évoque ses souvenirs adolescents dans des *summer camps* canadiens, s'extasie de savoir ses deux enfants sur le point de partager cette expérience fondatrice.

À mon avis, dire que c'est un *summer camp* minimise l'intérêt de ce qui se passe ici, même si, dans les faits, ça y ressemble. C'est un lieu d'avenir, un modèle qui peut sauver le monde.

Il y a plein d'autres parents, personne ne fait comme mon père. Je pensais que je devrais me soucier

d'Anton mais en fait c'est lui qui me fait honte. Il traverse le bassin en crawl, revient sur le dos, plonge, siffle une mélodie, pousse des petits cris de satisfaction, répète ô combien c'est formidable, ô combien l'eau est douce, ô combien la vie est belle, demande s'il y a des poissons, si c'est une mare naturelle, nous dit à tous qu'on a tort de ne pas le rejoindre, voudrait emprunter le nouveau toboggan qui traverse la forêt sur une trentaine de mètres jusque dans l'eau mais craint pour ses genoux sur la montée. Il a l'air heureux. Léger. Léger. Il flotte et je crois ne l'avoir jamais vu comme ça. Ma mère le convainc de reprendre la route avant la nuit. Il sort en s'ébrouant, il n'a pas de serviette.
Anton ne se baigne jamais, il trempe ses pieds depuis le petit ponton.
– C'est quand on va faire l'apéro ?
– Après !
Ne pas s'énerver. Après.

Le buffet du dîner est dressé dans la grande salle à manger. Chacun s'installe puis on se tient tous par la main pour bénir laïquement le repas. C'est Jeremy qui s'en charge :
– Zeno est le groupe qui m'apporte le plus de joie au monde, ma famille de cœur, mes frères et sœurs, je pense à ma famille biologique et je sens que vous avez une place presque au même endroit qu'eux dans

mon cœur! À ce nouvel été magique et à tous les autres! J'ai hâte de voir ce que ces deux dernières semaines ont dans les bacs pour nous. Vive Zeno! Vive l'amour! Bon appétit!

On applaudit, on siffle, j'essaie de guider Anton:

– Ceux qui font la queue servent deux assiettes, pour eux et leur binôme, et après tu peux te resservir comme tu veux. C'est qui ton binôme?

C'est son premier jour, il faut bien faire.

Depuis deux semaines, je suis avec Savannah, mon âge, la fille d'une des cuisinières – poste convoité par de nombreux parents, mais ce sont les mêmes qui alternent depuis des années et aucun n'a l'intention de lâcher son créneau. Des équipes de quatre en moyenne préparent tous les repas pendant une semaine, avec la farandole de restrictions alimentaires qu'impose un groupe aussi hétérogène que le nôtre: allergies, intolérances ou autres raisons d'éviter le gluten, le lactose, les noix, les arachides, les fibres, les huiles de ci ou de ça, la viande, les sucres raffinés...

Anton se trimbale avec son assiette à la main, il change de place toutes les cinq minutes. Personne d'autre ne fait ça. Je repère une fille de sa cabane et demande, un peu sévère:

– Qui s'occupe de lui, au juste? Ça va pas de le laisser errer partout comme ça.

J'apprends que, pour les autonomes comme lui, les

cabanes fonctionnent en *family style*: pas de binôme, on se chapeaute de loin.

C'est bien la première fois qu'on classe Anton parmi les autonomes.

Savannah mange sa purée très vite pour arriver au dessert. Le dessert, c'est sacré. Depuis quelques jours, j'ai remplacé sa compote de pruneaux par de la pomme, mais elle repousse la cuiller, on en a partout. Elle a un syndrome génétique de naissance qui touche à peu près une personne sur un million. Pour communiquer, elle ne prononce pas de mots mais elle produit des sons, agite ses mains, sa tête, utilise un peu de langue des signes. C'est comme ça que j'ai appris que ce langage n'était pas universel! Il y a une langue des signes par langue! Je ne sais pas pourquoi ça m'a autant surprise. Depuis une série d'opérations à la colonne vertébrale, Savannah marche à petits pas toniques, pieds en canard, on s'entraîne tous les jours. Sinon elle se balade en poussette. Ce qu'elle préfère dans la vie c'est manger, écouter de la musique, chanter, se baigner et mater les garçons. Tout ce qui est physique, je gère, j'aime bien même, porter, parer, laver, jouer, mais je trouve le silence difficile, même s'il n'y a jamais vraiment de silence ici. Avec Savannah, on se parle avec les yeux, on se décrypte, sauf hier, j'ai pas décrypté et elle a failli avoir un petit accident. Je n'étais pas là, je cousais des costumes pour la pièce. C'est Lexie

qui s'est occupée d'elle. Depuis cet événement, elle m'a dans le viseur.
De ma chaise, j'essaie de mettre la pression à Anton, qu'il pose ses fesses une bonne fois pour toutes. Je lève les sourcils, écarquille les yeux, indique une place avec mon menton, il se cache les oreilles, évite mon regard, tape sur l'épaule de quelqu'un, fait mine d'aller mal. On me regarde l'air inquiet, je hausse les épaules et les mains, il se relève et recommence son cinéma cinq places plus loin. Dans ces moments-là, j'ai envie de le bousculer.
Anton est hypersensible aux sons. Il entend les voix à des fréquences particulières. Certains timbres l'agressent, certaines intonations aussi, alors que les travaux, le métro et les camions-poubelles le fascinent. Quand on était petits, il reconnaissait le bruit du moteur de notre voiture depuis le bout de la rue, à des centaines de mètres. Sa tête et son index se redressaient et il disait: «Là!» Ça marchait à tous les coups alors qu'il ne la voyait même pas.
Autour de nous les gens parlent, chantent, font des bruits de gorge, grincent des dents, poussent des petits cris, il y a les tables, les chaises, les assiettes, les verres, les bruits de fourchettes, de couteaux, de cuillers, le blender, la machine à café, l'eau que l'on verse, une porte qui se ferme, des pas lents et des pas rapides, légers et lourds, des fauteuils mécaniques et électriques. Le flux d'informations est continu – en

anglais, qui plus est. Évidemment qu'il sature, moi aussi je sature. Mais si les autres peuvent s'adapter, lui aussi en est capable. Je sais qu'il sait: à l'heure des repas, on s'installe à table.

Will sonne la cloche pour faire les annonces de la soirée, la pièce entière s'embrase, brouhaha généralisé, Anton sort en courant. *Il s'enfuit, putain!*

Je laisse passer quelques minutes pendant lesquelles Will profère toutes sortes d'âneries pour amuser la galerie. Un jeune gars, Mickey, casque audio sur les oreilles et discman dans le caleçon, le surprend par-derrière en lui pinçant les tétons. Le spectacle absurde commence, accompagné de Peter à la guitare et de Caleb qui ne rate jamais une occasion de montrer ses muscles en poussant des cris de catcheur. Ce sont toujours les mêmes qui agitent la foule, et ils le font très bien.

Anton scrute depuis l'extérieur, regard inquiet. Plusieurs personnes l'appellent pour qu'il revienne. Je me décide à y aller en maîtrisant mon allure pour ne pas avoir l'air de lui foncer dessus. Le temps que je m'approche, il est caché derrière un buisson, les mains sur les oreilles, courbé vers l'avant. Je le vois à travers le feuillage. *Ne pas hausser le ton.*

– Ça va, mon frère?

– Arrête.

– Viens, on dîne.

– Laisse-moi.

– Tout le monde mange ensemble, c'est sympa. Allez, viens... Anton... Qu'est-ce qui se passe ?... Pourquoi tu fais ça ? C'est quoi le problème ?... Réponds !... Tu peux vraiment pas te passer d'attention ? T'es pas tout seul ici, tu comprends ?
Une main se pose sur mon épaule. C'est Ila.
– C'est pas grave. Il lui faut du temps pour s'acclimater, c'est normal.
Si, c'est grave, et ce qui est encore plus grave c'est que ces apprentissages prennent des années, je le sais. Ça ne s'arrêtera jamais. Il le fera ailleurs, encore et encore et encore. Je ne dis rien de ce que je pense, me confonds en excuses et mets le comportement de mon frère sur le compte du décalage horaire.
Alors que je me dirige vers l'intérieur, Jeremy me tombe dessus :
– Léa, ton frère est stressé ! Je vais lui amener un cupcake, tu penses que ça lui fera plaisir ? Je crois que le gâteau ça détend, moi ça me détend.
– Super idée ! Il est derrière le buisson à droite.
– Le buisson ! Intéressant !
Je ne m'en occuperai plus. Tant pis pour lui. Il ne m'atteindra plus, il ne m'entraînera pas dans sa chute. Les annonces sont terminées. Certains n'ont pas encore vidé leurs valises alors on fait soirée dans les cabanes pour finir de s'installer. Il y aura quand même le *safety meeting* à 22 heures.

Savannah est agitée, elle me mord, demande les toilettes, demande le lit, chante fort. Pour la première fois, j'essaie de me blottir avec elle sous les draps à l'heure du coucher, pour discuter. Elle me laisse faire et pose sa main sur ma poitrine. Je lui demande pardon pour ma négligence et pour mes maladresses. Je n'ai pas tant d'expérience que ça finalement: grandir avec Anton, c'était d'autres préoccupations. Comme elle me fixe sans bouger, je ne sais plus quoi dire.

– Ça va? T'as eu mal au ventre?

Elle se remet à ses vocalises, une mélodie plus aiguë que d'habitude, depuis le fin fond de la gorge.

Qu'est-ce qu'elle a aujourd'hui?

Les autres filles de la cabane parlent de sexe, le mot les fait glousser. Lilly a dit à sa mère qu'elle avait envie de coucher, non, de faire l'amour, avec son copain. Sa mère a dit oui et elle a promis de parler avec les parents du garçon pour qu'ils aient l'autorisation de dormir ensemble le week-end.

– Se coucher et se réveiller ensemble, tu te rends compte! s'exclame sa voisine de lit superposé.

– Ouais...

Et ensuite, quand ils seront prêts, ils pourront le faire, le sexe, mais ce n'est pas pressé. Lilly a des sanglots dans la voix. Elle va le faire. Elle va le faire! Dans le jardin de sa maison d'enfance du Wisconsin, pour qu'elle soit indépendante, on a aménagé une cabane en studio. Elle y vit depuis trois ans, fait ses courses, son ménage, la cuisine. Ça se passera là. Elle mettra des bougies. Et pour ses vingt-cinq ans, elle demandera qu'il emménage chez elle. Ça ne se refuse pas, pour un quart de siècle. Lui, il en a vingt-huit. Comme il y a de grandes chances pour que leur enfant soit trisomique puisqu'ils le sont tous les deux et qu'avoir un enfant tout court ce n'est pas une blague, ils vont prendre des cours de contraception.

À Savannah qui gazouille, je demande:

– C'est grand chez toi? Tu as ta chambre?

Elle me fixe en enfonçant ses petits ongles dans mon poignet.

– D'accord, je te laisse. Un dernier tour aux toilettes avant de dormir?

Elle détourne la tête: non.

– La dernière fois tu avais dit non aussi, tu es sûre?

Non.

– Tu as hâte d'être au concert demain?

Vocalise: oui. De ses pieds et de ses mains, elle me pousse hors du lit.

Le *safety meeting* est expéditif: une personne par cabane prend la parole pour faire un topo. Tant mieux, parce que avec mon récit personnel j'exprime toujours ma gratitude les larmes aux yeux et je crois qu'on a compris. Ce soir, la discussion tourne autour d'Egon qui aurait avalé toutes les petites ampoules led de la guirlande tendue au-dessus de son lit: il n'est pas malade, mais retirons cette décoration et gardons un œil sur ce qu'il met dans sa bouche. Avoir l'œil aussi sur Jeremy qui mange beaucoup de sucre, il a des problèmes de cœur, d'artères, je n'ai pas bien suivi, à surveiller donc, mais avec tact, il déteste qu'on lui dise quoi faire. Il y a ensuite les précautions habituelles: la liste de ceux qui ne peuvent pas ingérer de liquide pour bien penser à mettre de l'épaississant dans leurs boissons, les allergies, la digestion, les coups de blues, les médicaments. Tout est passé en revue et on est bons.

L'été dernier, j'ai eu un accrochage avec Jeremy. On était en ville, il avait oublié son argent, alors, avec des phrases édulcorées et beaucoup de compliments, il m'a demandé un beignet au sucre. Chez lui, il fait attention, mais l'été tout est permis, non? Je voulais bien mais j'étais censée vérifier auprès de son binôme. Comment ça, vérifier? Il vérifiait ce que je mangeais, moi? Il voulait un beignet au sucre, il me le rembourserait! Ce n'était pas une question d'argent et il le savait, mais il me coinçait. Je voyais dans ses yeux qu'il savait. Et coincée, je l'étais, prise en flagrant délit de flicage: oui, je surveillais ce qu'il mangeait, pour son bien évidemment, mais s'il n'avait pas eu de handicap je ne me le serais pas permis. «Je pensais pas que toi, Léa, tu me ferais ça.» Je l'avais blessé, fâché, trahi. J'en ai encore le cœur serré. Anton, c'est pareil, tout le monde lui dit tout le temps quoi faire. Personne ne peut supporter ça. Moi, ça me rendrait dingue. Mais je sais aussi que j'aurais pu gâcher des mois de travail. Mettre des règles en place, c'est long, c'est dur, c'est frustrant.

J'attrape une Bud *light* dans la cuisine où trône une fournée de nachos au fromage. Ils sont une dizaine autour à picorer dedans comme des oiseaux en disant qu'il faut attendre les autres. Cette fois-ci, je craque. *Qu'est-ce que c'est bon ce fromage artificiel orange!*

– Ça pique, le piment vert? je demande.

– Non, pas trop, c'est des jalapeños, me dit Ila.

C'est rare qu'elle soit en soirée avec nous. Caleb débarque avec une enceinte portable sur l'épaule, grosses basses, il éteint la lumière, grimpe sur un tabouret. Un concert de rap énervé prend place dans la cuisine. Les gens arrivent de tous les côtés en dansant, même par le passe-plat. On se répand comme du liquide autour de l'îlot central, entre les fourneaux, la plonge, les ustensiles, en faisant tourner des bols de glace, des chips, des canettes, juste éclairés par des bougies rouges réparties un peu partout sur les surfaces en inox. Trevor me glisse à l'oreille: «Tu veux fumer?» et m'entraîne vers l'arrière de la maison où résonnent des voix. Je ne savais pas que

les gens fumaient ici. Je goûte une American Spirit, c'est pas mal. Une voix s'élève :
– Et si on allait s'allonger dans l'herbe ?
En meute, on choisit un emplacement face au ciel et, un par un, s'entasse pour former une sorte de galaxie humaine, étendus les uns sur les autres.
– Ah... ça fait du bien quand même une clope parfois, soupire Ila.
Nos cigarettes crépitent et je pense : *Grave*.
Ma bière est vide. Dans l'arrière-cuisine, on prépare des margaritas. C'est bon, j'ai vingt et un ans maintenant. Thomas et Lexie aussi viennent de les avoir. Je les pensais plus vieux. Ils me pensaient plus vieille.
– Lexie, je voulais te dire, pour l'épisode avec Savannah, je suis désolée, c'était vraiment un accident.
– T'inquiète, c'est passé, pas besoin d'en parler.
J'aimerais, moi, mais on est interrompues par le ton de Caleb qui monte :
– Tellement injuste, tellement injuste ! Pas besoin t'occupes de moi Trevor !
– Tu sais comment on fonctionne ici, il faut des règles qui marchent pour tout le monde. Je peux pas te dire oui à toi et non à Jumbo...
En arrière-plan, les femmes se succèdent pour faire danser Jumbo sur Beyoncé.
– ... La journée on a des binômes mais le soir chacun doit être responsable de lui-même.

– J'ai. pas. besoin. s'occupe. de. moi ! Suis autonome ! Pourquoi tu fais ça ?
– Je suis désolé, mec, on en a déjà parlé plusieurs fois. La mare c'est dangereux la nuit. On voit rien, y a des animaux...
– Quelqu'un m'aide là ?! Pas juste !
– Il y a plein de gens qui restent ! Pourquoi tu rends ça compliqué ?
– Toi rends ça compliqué ! Font ce qu'ils veulent, je fais ce que je veux !
– Écoute, tu sais quoi, tu as raison. C'est pas juste. On n'y va pas, on reste tous ensemble. Allez, on va trinquer à l'injustice.
– Fais chier !

Un peu plus tard avec un petit groupe, on s'éclipse « pour aller se coucher », on s'enfonce dans la forêt pour aller se baigner.

Angoisse au parc

– Ma sœur Léa !
– Ça va mon frère, t'as bien dormi ?
– Oui. Ce soir, c'est apéro ?
Anton aurait dû être là hier.
Je goûte son café, c'est du sirop. Son tee-shirt est taché, je frotte.
– Qui t'a donné ce casque ?
– C'est Ala.
– On dit «Ila», «Aï-la». Dis-le.
– Ala.
Il reste assis tout au long du petit déjeuner, casque antibruit sur les oreilles. Même quand on chante, même au moment de l'annonce du programme de la journée.
– Et après ? me demande-t-il.
– Et après quoi ?
– Et après *swimming* on fait quoi ?
– Je sais pas. Tu veux faire quoi ?

– On va faire l'apéro?
– Je pense pas qu'il y ait apéro aujourd'hui.
– T'as promis le concert!
– Tu veux faire apéro au concert?
– Oui.

Anton ne pense qu'à une chose, faire la fête. Il répète à tout le monde, tout le temps, en boucle: «*Tonight, we party.*»

– Oh non! Ton frère a des problèmes d'audition? Infirmière! Infirmièèèère! À l'aaiiiideee!

Appeler à l'aide, visage tourné vers le ciel, mains en cône autour de la bouche: voilà comment Jacob canalise son anxiété liée à la santé. C'est sa façon de prendre soin des gens et il a une prédilection pour les oreilles. Je lui explique qu'Anton porte un casque antibruit parce que nos voix sont trop fortes pour lui, mais j'ai déclenché une nouvelle inquiétude car ce soir nous allons à un concert: comment va-t-il faire?!

– Je peux... je peux regarder? demande Jacob.
– Il peut vérifier tes oreilles? dis-je à Anton.
– Non je veux pas! *I don't want to, Jacob!*
– Oh non, oh non, ok, je comprends. Il est sûr? Je peux vérifier très rapidement, rapide, rapide.
– Je te promets que ça va. Tu veux vérifier les miennes?
– Oui, s'il te plaît.

Il étire mes lobes et je me demande comment Ila a eu

l'idée du casque de chantier. Depuis le temps qu'on galère avec les bruits de foule...

– Bon les gars, je dis, on va se changer pour se baigner?

– Ouais, ouais, on y va! *Come on Jacob, let's go, let's go, change your clothes! Change your clothes! Brush your teeth! Brush your teeth!*

On rassemble un groupe qui progresse en chenille sur le sentier en chantant: «*Brush your teeth! Brush your teeth! Change your shirt! Change your shirt!*»

Je ne sais pas d'où viennent ces paroles mais tout le monde semble les connaître et c'est Anton le leader. Au moment de partir, Jacob insiste pour que Savannah et moi fassions ausculter nos oreilles par l'infirmière, sans oublier de prendre des photos pour garder des traces de l'examen. 10/10 – impeccable. Rassuré, il lance l'expédition vers la mare en établissant le classement de ses films favoris dans la catégorie science-fiction depuis les années 70, puis les Disney, puis les films d'action depuis l'an 2000, puis les comédies, puis ses personnages méchants favoris. Nous passons l'après-midi comme ça, Jacob, Savannah et moi, dans un bateau gonflable, sur l'herbe, les pieds dans le sable, parfois on nous rejoint mais la conversation ne dévie pas d'un poil alors les gens partent vers un autre groupe. Je jette des coups d'œil réguliers vers Anton, il est sur le ponton, puis sur l'herbe en train de jouer à Puissance 4, allongé sur un transat à se faire masser le dos, assis sur le sable à chanter. Tout va bien, je peux replonger dans les aventures de Jacob. Il est capable de parler de tous les films qu'il a vus, il les date, les classe par catégories, connaît les acteurs, leur rôle dans d'autres films, il parle, parle, parle et j'acquiesce en flottant, bercée par ses imitations. Ça pourrait durer jusqu'à la nuit tombée, voire plus, mais on doit se changer à nouveau pour partir au concert.

Anton vient me chercher dans ma cabane.
– T'as promis.
– Oui, on va boire un verre. Tu te changes ?
– Non, allez, on y va.
– Va mettre ta belle chemise !
– J'ai pas, j'ai perdu !
– T'as perdu ta chemise ?
– Oui, j'ai perdu... Merde... Non ! C'est lui qui a !
Il montre du doigt un garçon qui trottine sur le sentier en chemise bleue à fleurs – la chemise d'Anton, qu'il a prise pour un déguisement. Dommage, il était content de sa trouvaille. Délicatement, il la déboutonne et la rend. Je ris. Après un instant d'hésitation, Anton se met à pouffer exagérément.
– Ah putain, ah putain ! C'est drôle ah là là, ah là là.
– Chut, faut pas dire « putain » !
– Oh meeerde, ah là là !
– Bah, Anton !

– Arrête, ma sœur, tu m'embêtes. *Change your shirt! Change your shirt! Brush your teeth! Brush your teeth!*
Et il détale vers le bus. C'est nouveau ce réflexe, chanter pour contourner la conversation.
Sur mon écran s'affiche une notification Facebook. Jacob m'a taguée sur une photo, un gros plan sur l'infirmière fouillant mon oreille avec, en légende: «Léa est passée chez nurse Barb! Tout va bien!»

À Burlington, un groupe va pique-niquer sur le lieu du concert, un autre va manger une glace, le mien va dans une brasserie. Notre entrée est magistralement lente et remarquée. Sur le chemin de notre table, il faut déplacer toutes les chaises pour faire passer les fauteuils, les déambulateurs et les béquilles. On nous encourage avec des «*God bless you all*», des pouces en l'air, des «*This is great!*».
En tête, Anton pousse Savannah dans sa poussette. Elle qui rechigne toujours se laisse faire lorsqu'il veut l'aider à s'installer sur une chaise. Lorsqu'il lui chante «*Let's go eat! Let's go eat!*», elle agite ses deux mains devant la bouche: la joie, puis une seule avec les doigts tendus: la faim. Elle a sa propre langue des signes.
On commande deux Sprite, deux Coca, trois sodas orange, quatorze verres d'eau avec des glaçons, quatre cheeseburgers, deux pizzas steak, trois margheritas, deux quatre-fromages, deux spaghettis

bolognaise qu'il faudrait mixer dans un blender pour en faire une purée, et une salade César.
– Une purée de spaghettis ? s'étonne la jeune femme qui s'occupe de notre table.
– Oui, le plat de spaghettis dans le blender et puis dans l'assiette, nos amis peuvent pas avaler de morceaux, dit Jacob en lui adressant deux pouces en l'air.
– Très bien. Je vous apporte ça.
Anton veut donner à manger à Savannah :
– Sa-va-nnah spa-ghe-ttis, Sa-va-nnah spa-ghe-ttis, Sa-va-nnah spa-ghe-ttis.
Je m'assois à l'autre bout de la table pour m'empêcher d'intervenir si ça me prend.

– C'est toi qui es partie baiser dans la forêt l'autre soir ? me glisse Trevor.
– J'ai un mec. Je pensais que c'était toi.
– Ouais, c'était moi.
– Avec qui ?
– Top secret. Alors, il paraît que tu t'es fait engueuler ? Savannah s'est humhum dessus ?
– Mais non ! T'étais avec Lexie ?
– Non, je rigolais, c'était pas moi, mais j'aimerais bien savoir qui, si c'était pas toi. Alors, c'est quoi cette histoire ?
– Je m'occupais des costumes pour la comédie musicale. Je l'avais confiée à un groupe qui allait se

baigner. J'avais anticipé les médocs, le passage aux toilettes, la couche, bref, j'avais anticipé, mais elle avait été constipée et... bah c'est sorti trop fort et il y en avait partout et Lexie a dû tout nettoyer et tout. Bref. Mais j'ai pas fait exprès. Et elle m'a affichée devant tout le monde, elle m'a grondée comme une gosse, je pouvais rien faire, puis elle a pris la poussette et elles sont parties se baigner. Voilà. Elle m'a plantée là. L'accident aurait pas pu être évité. Fallait m'appeler, aussi, j'aurais nettoyé. Si tu crois que ça m'enchante, en plus, de faire les costumes! Je sais même pas coudre.
– J'avoue, chaud.
– Et elle m'a dit: «La prochaine fois tu fais comme si c'était ta sœur.»
– Chaud. Je peux goûter ta César?

Au bout de Church Street, le ciel vire au rouge. On se laisse guider par le crescendo de la musique rock jusqu'à l'esplanade où se tient le concert. Ça sent la pelouse, la friture, les bonbons. Anton marche au rythme de son *air guitar*. Le dernier passage piéton traversé, il me jette un regard furtif et se met à courir, courir, courir, je veux le stopper: «Anton!», il traverse la foule de ses petits pas déséquilibrés, sans trébucher, et dans le même élan monte sur l'estrade qui sert de scène. Il n'aurait pas pu faire pire. Les vigiles foncent sur lui. Avec Savannah, ma

progression est trop lente pour espérer arriver avant qu'ils ne le plaquent au sol.
Will et d'autres membres de notre groupe font de grands gestes pour qu'il descende, mais il continue de gratter l'air sans les regarder. Je voudrais disparaître comme le soleil derrière, dans le lac Champlain.
– Ton frère est incroyable.
Thomas tend sa main à Savannah:
– Tu danses?
Cela réveille en elle un chant très aigu et des mains très agitées: l'amour.
Pourquoi est-ce que personne ne monte pour attraper mon frère?
Je me faufile, l'excuse, m'excuse, je crains que ça ne se transforme en drame si je m'avance trop. Personne n'y va, comme si, en fin de compte, il ne représentait pas une réelle menace. Il ne touche pas les musiciens, qui ne semblent pas dérangés. Ça va.
– Venez! Allez tout le monde!
Anton fait des gestes de ralliement, il tangue, tangue, tangue au rythme du morceau qui se termine, accompagne le solo de batterie final en tapant frénétiquement sur ses genoux puis lève les bras, saute à pieds joints, pousse un cri de joie, s'approche de moi pour redescendre.
– Ma sœur, j'ai envie de boire des coups!

– Tu peux pas monter sur scène comme ça!
Il se tire. Je le poursuis.
– Viens danser avec moi. Je crie pas, je dis juste que le public ne peut pas monter sur la scène. Tu le sais, non?
Tête dans les mains, il me tourne le dos. Allongée dans l'herbe à nos pieds, Lexie me fait signe qu'elle gère. *Certainement pas, tu m'humilieras pas deux fois.* Enlaçant par-derrière le corps rigide de mon frère, je balance à gauche, à droite, il résiste et me jette par-dessus l'épaule un regard inquiet.
– Laisse-moi.
On se fait happer dans un cercle, une ronde, un pogo léger dans lequel chacun entre: Caleb fait la roue, Marina lève un bras, Anton traverse en courant, Jumbo tient debout avec Thomas et Trevor, Will fait une pirouette avec son fils sur les épaules, Savannah agite pieds et mains, Jeremy, Jacob, Emily, Ila, Vanessa, Benny, Lilly, Peter, Adama, Rachel, Michael... Je ne sais pas combien on est mais pas un seul ne rentre dans un moule.

Les petites roues de la poussette de Savannah coincent dans l'herbe. Je me penche sans cesse pour les redresser et ça m'irrite. Tout le monde a rendez-vous côté parking où un million d'insectes dansent à la lueur des lampadaires. Pour éviter les mouvements de foule, on part juste avant la fin du

concert. J'installe ma copine à côté de Jacob et m'en vais m'assurer que mon frère est bien là.
– Anton est avec vous ?
– Non.
– Il manque quelqu'un d'autre ?
– Non.
Un véhicule après l'autre, toujours « non ». Je regarde autour : il est souvent à la traîne.
– Qui a vu Anton dans les cinq ou dix dernières minutes ?
Personne.
Je repasse ma tête par la portière latérale de chaque van.
– Qui est son binôme ?
Une fille de sa cabane dit qu'il ne tenait pas en place alors elle l'a laissé vivre. La dernière fois qu'elle l'a vu il dansait à l'avant-scène avec Jumbo, Marina et Thomas qui me dit qu'Anton n'a pas voulu suivre lorsqu'ils ont commencé à se diriger par ici.
Les portables vibrent : « Qui a vu Anton ? »
Qu'est-ce qu'il fout ? À Paris il est beaucoup plus tranquille.
Le prénom de mon frère résonne dans le parc. La battue commence. J'assure à Peter qu'on avait bien répété les consignes : « Je reste toujours avec quelqu'un de Zeno, j'écoute ce qu'on me dit, on part avant la fin du concert, si je me perds je vais aux toilettes, au stand de nourriture ou aux voitures. »

Je ne veux pas qu'ils le virent. Je fonce vers les lieux de rendez-vous, tambourine aux toilettes de chantiers :

– Anton ? Anton ?

– Bonjour, excusez-moi, vous auriez vu un jeune homme brun, un mètre soixante-dix, la vingtaine, chemise bleue à fleurs, peut-être un peu désorienté, qui parle mal anglais, voire s'adresse à vous en français ?

– Bonjour, excusez-moi, vous auriez vu un jeune homme brun, peut-être un peu désorienté, la vingtaine, un mètre soixante-dix, chemise bleue à fleurs, qui parle mal anglais, voire parle français ?

– Bonjour, excusez-moi, vous auriez vu un jeune homme qui parle mal anglais, un mètre soixante-dix, brun, chemise bleue à fleurs, la vingtaine, peut-être qu'il parlait français ?

– Bonjour, excusez-moi, vous auriez vu un jeune homme brun, un mètre soixante-dix, la vingtaine, chemise bleue à fleurs ?

– Bonjour, excusez-moi, vous auriez vu un jeune homme brun, un mètre soixante-dix, la vingtaine, chemise bleue à fleurs, peut-être un peu désorienté, qui parle mal anglais ? Parle français ?

– Bonjour, excusez-moi, vous auriez vu un jeune peut-être un peu désorienté, brun, un mètre soixante-dix, la vingtaine, une chemise bleue à fleurs, qui parle mal anglais, voire parle français ?

Une famille croit l'avoir vu assis avec un groupe vers le milieu de la pelouse. Ils l'ont remarqué parce qu'il riait très fort. *Ça, c'est Anton!*
Lexie attrape ma main, on y va, mais aucune trace de lui là-bas non plus, ni aucun groupe assis, que des flots humains qui se dispersent par centaines dans toutes les directions. C'est un parc public, il n'y a pas d'entrée ou de sortie, tout est ouvert. Je chasse les mauvaises pensées de mon esprit: la chute dans l'eau qui n'est qu'à une cinquantaine de mètres de nous, le passage à tabac, le racket, le viol. J'ai lu un article qui disait que les hommes handicapés étaient quatre fois plus susceptibles d'être agressés sexuellement que les valides. Pour les femmes c'est pire. *On ne va quand même pas appeler la police! Est-ce qu'il y a d'autres groupes garés ailleurs? Il n'a pas pu disparaître comme ça...*
Il fait nuit. Plusieurs vans ont pris la route, je reste avec Trevor, Thomas, Peter, Lexie, quelques autres et la sécurité du parc à arpenter la foule à contre-courant. Je ne sais pas depuis combien de temps ça dure. Il faut appeler la police. Il ne saura pas se débrouiller seul la nuit à Burlington, il ne connaît pas l'adresse du camp, il manquera l'indicatif téléphonique du pays aux numéros français qu'il connaît par cœur.
– Peter, c'est déjà arrivé ça?
– Oui, c'est rare mais ça arrive, c'est comme avec les

enfants, c'est terrifiant. Mais les gens sont bienveillants ici, c'est une petite ville tranquille.
Ça ne me rassure pas. Quelques junkies débarquent pour récupérer les restes et s'installer pour la nuit. Et si l'un d'entre eux voulait de l'argent ? Il suffit qu'ils soient en manque et le pire peut arriver. Je scanne encore les lieux, à la recherche de sa chemise bleue à fleurs, de son visage rond, d'une démarche que je reconnaîtrais. On fait tous pareil, on a quadrillé le terrain, il ne peut pas passer à travers les mailles de nos filets.
Je le vois.
– Poussez-vous... Anton !
Il tient la main d'une femme.
– Anton !... Excusez-moi pardon... Anton !... Pardon... Anton !!! Anton, mais tu étais où ?!
Il lâche la main de l'inconnue et se recroqueville.
– Bonjour, je suis sa sœur. Anton, c'est pas grave ! C'est pas grave, mais tu étais où ? Anton, parle !
Si, c'est grave et il le sait donc il se cache. Je lui caresse le dos.
– Ça va ? J'ai eu peur.
La femme veut le protéger en disant qu'il n'a vraiment rien fait de mal.
– Il voulait tenir ma main pendant le concert alors j'ai dit « Oui pas de problème » et ensuite il avait faim alors on est allés prendre une part de pizza et on l'a mangée au bord de l'eau. Et puis je me suis dit que

ses parents devaient le chercher, mais il avait l'air content d'être là alors je me suis pas pressée. Je suis désolée !

Quelle conne.

– Eh bien je suis contente que tout aille bien finalement. Merci ! Merci beaucoup. On va y aller.

Ça se termine par une poignée de main bien franche entre elle et moi. Anton n'ose pas lui dire au revoir. Je lui dis qu'il peut s'il veut. Il me suit et j'ai honte d'avoir fait la leçon à mon grand frère mais qu'aurais-je pu faire d'autre ? C'est grave ! Je n'ai même pas remboursé la pizza. Tant pis. Elle est inconsciente de se barrer avec un mec handicapé sans vérifier si quelqu'un le cherche.

Le plus doucement possible, je demande :

– Pourquoi tu as dit que tu avais faim, Anton ? On était au restau avant le concert. Tu peux pas demander aux inconnus de te payer à manger... Tu le sais, non ? Et je t'avais dit que tu pouvais pas partir tout seul... Tu sais très bien que je m'inquiète et que tu peux pas faire ça... Pourquoi tu fais ça ?!

– Pardon, pardon, désolé.

– Non, pas désolé ! C'est pas possible ! C'est pas... c'est pas possible.

Je ne sais pas communiquer avec lui.

Sur le parking, les autres qui nous ont vus au loin s'écrient :

– Anton ! Tu es là !

Ils n'ont pas l'air fâchés, ce sont ses alliés. Blotti contre Lexie, il me jette un regard que je sens défiant. Ils lui demandent de raconter ce qu'il faisait.
– JJJ'... J'étais... JJJ'... JJJ'...
– Tranquille, respire.
– JJJJ'...
Tous les yeux sont fixés sur lui. Il recule.
– JJJJ'... J'étais...
Avec toute cette tension, impossible d'aligner deux mots. Ça lui donne des spasmes respiratoires.
– J'arrive pas ! Toi !
– Tu peux le faire. Vas-y tranquillement, recommence.
– J'arrive pas !
Il plisse son visage comme s'il allait pleurer. Je sais qu'il ne pleurera pas.
– Vas-y mon frère, tu peux le faire.
– JJJ'... Non j'arrive pas !!
– Ok, je le dis ?
– Oui !
– Anton est allé manger une pizza au bord de l'eau avec une jolie rousse !
– Oh là là ! Anton ! Anton ! Bien joué !
Ils ne comprennent vraiment rien aux défis des familles.

Sur la route du retour, Bon Iver au volume minimum, la moitié dorment et les autres sont sur leur portable.

Je regarde Anton qui suit les faisceaux lumineux des lampadaires. Ses yeux balaient, balaient, balaient, vite.
– Anton ?
– Oui.
– Je t'aime.
– Oui.

Jérusalem

Aucun spécialiste n'a jamais pu affirmer l'origine du syndrome d'Anton, s'il est pré- ou postnatal, si un virus a attaqué son cerveau (j'imagine des petites boules noires énervées avec des bras et des jambes tout fins, des yeux, un nez, une grande bouche en scie, qui grignotent sa cervelle). On dit qu'il a des traits autistiques sans être autiste.
«Il ne marchera pas.» – Il marche.
«Il ne courra pas.» – Il court.
«Il ne parlera pas.» – Il parle, écrit, lit.
«Son cas est miraculeux!» – C'est un bosseur.
La première fois qu'on lui a donné sa chance, c'était à Jérusalem. Nous y sommes allés deux semaines pour qu'il soit évalué par les équipes de l'Institut Feuerstein, puis nous sommes rentrés en France pour attendre une réponse. Anton avait sept ans, ma mère faisait l'école à la maison depuis deux ans déjà, il fallait un événement, un miracle, quelque

chose, des professionnels qui regardent mon frère comme un enfant à potentiel et pas comme un garçon inéducable comme le disaient les tonnes de «spécialistes» auxquels mes parents étaient forcés de se confronter. *Inéducable. Quand j'y pense, c'est criminel de dire une chose pareille.*

Jérusalem me revient par bribes, j'étais trop petite, mais on m'a répété cent fois la phrase de Steven Gross, un neuropsychologue de l'Institut, après sa rencontre avec Anton: «Il a du charme. Peu importe ses difficultés, ça lui servira.» Quelques semaines plus tard, ce même homme a écrit dans un mail: «Anton a fait un tabac lors de son évaluation», puis il nous a félicités: notre famille était admise dans leur programme intensif. Chez Feuerstein, toute la famille est impliquée dans le processus éducatif. Raconter cette période émeut toujours mes parents aux larmes: pour la première fois, une équipe pédagogique voulait vraiment travailler avec Anton, avec enthousiasme, avec une vision d'avenir. «Imaginez votre fils en homme marié», avait dit le professeur Feuerstein. Pour une raison que j'ignore, il nous a pris sous son aile. Anton serait boursier et recevrait l'aide dont il aurait besoin, le temps qu'il faudrait. Sur des vidéos d'archives filmées par ma mère le jour du grand départ, il ne fait pas encore jour. Dans le taxi, elle sort sa petite caméra et me demande où on va. « En Israël. » C'était en février 2000. À l'aéroport, Anton est au téléphone, assis à côté de mon père. Je regarde les avions par une baie vitrée. Babouchka sourit à la caméra. Elle a soixante-seize ans, une jolie permanente rousse. Quand la décision a été prise de partir, elle nous a suivis : mon père allait devoir rentrer souvent pour travailler, ma mère aurait du mal à s'occuper de nous toute seule. On ne savait pas combien de temps on allait rester.

Notre première adresse est proche de l'Institut Feuerstein, rue Narkis. À mi-chemin, je traîne le pas en me pinçant le nez pour observer les bennes à ordures qui macèrent au soleil. Avec un peu de patience, on y aperçoit des chats vagabonds. Il y en a plein, même des familles avec des chatons, tous l'air malades, face rose, croûteux, boiteux, parfois pas de queue ou une moitié. Je voudrais les sauver mais ils me dégoûtent.

Notre maison est petite avec un portail bas en métal à l'avant, suivi de deux marches, de buissons. L'entrée se fait sur le côté gauche, il y a une cuisine, un salon, deux chambres. Dans celle que je partage avec Anton et Babouchka, on construit une forteresse avec des matelas qu'on nous prête le temps de nous installer. La poussière abonde de toute part, c'est le sable du désert. Dans la cuisine, la moindre trace de nourriture est en quelques minutes

ensevelie sous une petite tache noire grouillante: des fourmis!
Des gens sonnent régulièrement pour nous apporter de quoi nous meubler et manger: une table, des cornichons, des serviettes, du saucisson. Quand l'ouverture de la porte est suivie de «Oh!», «Ah!», «Ouh!» et de tout un baragouin en russe, je sais qu'on va se gaver de trucs de l'Est. Ma grand-mère dit que ce sont ses anciens collègues de travail devenus amis: elle les connaît de Tchernovitz, où ma mère est née, et de Kichinev, où ma mère a grandi. Tous ces rescapés du totalitarisme soviétique entrent avec de grands gestes, posent leurs cadeaux, nous embrassent, tripotent nos joues d'enfants: «*Kakaïa kracivaïa dievotchka!*» «Quelle jolie petite fille!» S'ensuit un tour guidé de la maison dans laquelle retentissent les chœurs de *Carmina Burana*, un concerto de Prokofiev ou une symphonie de Beethoven, les compositeurs préférés d'Anton qu'il écoute en boucle, l'oreille collée au baffle. Ils parlent, parlent, ponctuant la conversation de «*Da!*», «*Daaa!*», «Mmm», «*Da*», «Mmm...», «*Da, da*».
Le professeur Feuerstein a une grande barbe blanche et d'énormes poches sous les yeux. Il porte toujours un costume noir et un béret. Un homme doux, rassurant, d'origine roumaine. Je l'ai deviné car, quand on fait shabbat chez lui, ils ravivent le folklore avec Babouchka et ma mère: il chante en roumain pour elles. En ex-URSS d'où vient ma famille maternelle,

les frontières et les gens ont tellement bougé que tout le monde parle russe et roumain.
À Jérusalem, la langue chantante et un peu sèche s'appelle l'hébreu. Elle se mêle à l'anglais, au russe, au roumain, au français, au charabia, aux exclamations, aux pas qui crissent sur le lino, quand nous sommes à l'Institut. Mon frère y passe ses journées. Moi j'arrive après l'école qui se termine à 13 heures. Steven, Shoshana, Uri et plein d'autres ont chacun un métier différent qui aide mon frère à apprendre des mots, lire, articuler, se concentrer, comprendre, réfléchir, coordonner ses mouvements, baver moins, être moins agité... *Ils le réparent ou quoi? Dans un an il est plus handicapé? Après tout, il y a pire que lui, des qui parlent pas du tout, qui marchent pas, qui bavent beaucoup plus... Bonne chance!*
Un jour, j'annonce à ma mère:
– Anton il est handicapé.
Elle blêmit.
– Qui t'a appris ce mot?
– Je sais pas.
Je suis la première à l'avoir prononcé dans notre famille.
À l'Institut, mon frère colle tous les jours son visage contre la porte des ascenseurs pour regarder les jeux de lumière à travers la fente. Dès qu'elle l'aperçoit, une petite brune désarticulée accourt vers lui avec un mi-cri, mi-rire derrière ses grandes dents. Elle se tape

le front avec les mains et les agite, ça fait rebondir sa frange. Sûr qu'elle est amoureuse d'Anton, celle-là. En une seconde d'inattention, ils s'engouffrent dans la cage et je crains qu'ils ne disparaissent pour toujours. Le voyant extérieur indique un arrêt à chaque étage. Finalement, ils ressortent, elle en courant, lui pas à pas, visage apeuré et mains sur les oreilles. Si par malheur les fauteuils roulants font la queue, le volume augmente. Je lui dis qu'il doit écouter quand on lui dit de ne pas le faire et on me dit de ne pas lui donner de leçons.
Mais ceux qui m'intéressent vraiment sont les gars plus vieux qui se sont pris des balles dans la tête à l'armée. L'un d'entre eux a carrément un gros morceau de crâne enfoncé, avec l'œil. Je n'ose pas demander si c'est dur ou mou à cet endroit.
D'autres visages m'interpellent par leur ressemblance: sont-ils tous frères et sœurs ?! D'après mon père, ils sont trisomiques, c'est un handicap mental.
– Comme Anton ?
– Tu as raison, Anton aussi a un handicap mental. Mais la trisomie, c'est différent, ça donne une apparence particulière, des petits yeux en amande, un visage rond...
Et quelque chose en plus d'indescriptible.
– Alors lui aussi il l'est ? Et elle ? Et lui ? Et lui ? Et elle ? Et elle ?
Je n'en rate plus un.

Tout ce monde passe ses journées «chez Feuerstein», entre dans une salle, puis dans une autre, et une autre, et une autre, une sorte de ronde que j'observe en jouant aux voitures miniatures.

Au Lycée français où je suis en classe de CP, le gardien de l'école s'appelle Anton. Je lui répète tous les jours: «Comme mon frère!» C'est tellement magique que quelqu'un ressemble à ma famille de cette façon. Je me demande comment ses parents ont eu l'idée. On m'a toujours dit que c'était un prénom russe, mais lui est arabe. Il tient une petite épicerie à l'entrée, de la taille d'une cabine téléphonique. Ses murs sont tapissés de sachets sucrés ou salés et sur les étagères alternent soupes de nouilles lyophilisées en pots, chewing-gums et barres chocolatées. Je vole des pièces qui traînent sur la commode de la chambre de mes parents. Pour un shekel, je peux m'offrir des Bamba, sortes de frites soufflées à la cacahuète, à la récré, ou des chips dans lesquelles on trouve des vignettes Pokémon que tout le monde deale sous le préau.
Anton de l'école est le père de ma meilleure copine Hanine. Comme beaucoup de Palestiniens, ils habitent la vieille ville de Jérusalem. Nous courons toutes les deux dans les ruelles bondées du souk, percutant les stands, les jambes, les sacs plastique. Je prie pour ne jamais la perdre de vue dans ce labyrinthe qu'elle connaît comme sa poche. Il y a de beaux tapis chez

elle, et deux poules sur le toit! Je vais souvent chez elle. Elle n'est jamais venue chez moi.
Le professeur Feuerstein dit que mon frère, pour apprendre à être avec des enfants de son âge, doit intégrer une classe normale. Au milieu de l'année, avec son accompagnateur Yannick, ils s'installent dans la mienne, au fond à droite, pas tous les jours, bien qu'il ait deux ans et demi de plus que moi. Je veille du coin de l'œil mais c'est tout. Chacun sa vie.
– Connard!
Tout le monde rit.
– Qui a dit «connard»??!!
Les rires continuent avec quelques décibels de moins.
– Farid!!
Derniers rires courageux.
– Non, maîtresse, ah non là c'est pas moi, j'vous jure c'est pas moi!
– Farès??
– Non, j'vous jure c'est pas moi, pourquoi toujours Farès?!
– Farid! Tu sors! Aux toilettes!
– Mais maîtresse c'est pas moi j'vous juuure! Pourquoi?!
– Tu arrêtes de jurer, tu sors!!
Personne ne dénonce Anton. La punition est toujours la même: s'enfermer dix minutes dans les toilettes puantes. Farid et Farès, toujours fourrés

dans des coups, finissent systématiquement par tout prendre sur le dos.
Mon frère est au cœur des discussions de la classe pendant plusieurs jours. Il est devenu cool. Je suis fière de lui. Il a réussi son intégration.

La tension monte à l'école, à base de secrets et d'insultes en arabe et en hébreu, deux camps qui se divisent. Les élèves internationaux comme moi ne parlent aucune des deux langues, le conflit ne nous vise pas, mais le climat change, le vent tourne. Les adultes parlent de «seconde Intifada», la nuit retentissent des tirs, des explosions et quelques secondes plus tard des sirènes. Je regarde par la fenêtre. Ma mère dit pour me rassurer que c'est loin, mais je sais que c'est très proche. Je peux distinguer le bruit d'une bombe de n'importe quel autre choc. Dorénavant, nous évitons les lieux publics, les centres commerciaux, les bus. Il y a des attentats tous les jours. Au milieu d'une matinée ordinaire, une sirène retentit et on court se barricader dans les sous-sols du lycée.
Mes parents disent qu'on va rentrer en France parce que c'est la guerre, mais moi je n'ai pas envie de partir. Ils disent aussi que cette année et demie est la meilleure chose qui soit jamais arrivée à notre famille. Mon frère a fait des progrès inimaginables documentés par ma mère sur la petite caméra qui ne

quitte jamais son poing. À l'heure du bilan d'Anton, elle montre à Feuerstein les images de son évolution, de notre arrivée à notre départ, pour comparer. Je les ai vues. Ce n'est pas le même Anton. Ces vidéos vont servir à lui trouver un nouvel établissement à Paris. Le professeur dit: «Surtout, ne montrez jamais ces images sans montrer celles du début, quand il est arrivé ici. Ce que vous raconterez ne serait pas crédible.» En mars 2023, elles trouveront leur place sur un écran de cinéma, dans le documentaire de ma mère qui portera le même titre que son livre, *Le Voyage d'Anton*.

Après Jérusalem, mon frère oublie moins les mots et les calculs simples, il quitte définitivement les attelles qui faisaient saigner ses pieds, il n'imite plus les cris perçants des autres enfants. Mais c'est toujours difficile. Mes parents le retirent d'établissements pour lesquels ils se sont battus parce que l'équipe pédagogique est défaitiste, incompétente, parce qu'il est trop handicapé pour ci, pas assez handicapé pour ça, parce que, selon eux, sa place est ailleurs. *Mais c'est où ailleurs?*
On a toujours veillé à ce que les difficultés d'Anton ne pèsent pas sur moi, à ce que je reste la petite sœur. Je n'ai jamais été tenue de l'aider, mais j'étais là et je le faisais, ça ne me dérangeait pas. L'attention sur lui était constante, ses progrès au cœur de tout. La

régression est insupportable face à des acquis difficiles et fragiles. Les changements constants, année après année, obligent à maintenir une exigence à la maison. Le savoir, c'est l'autonomie. L'autonomie, c'est la liberté. La sienne, la nôtre.
C'est au retour de Jérusalem aussi, à mes six ans, que je vois mon premier psychologue. Je parle trop d'Anton dans ma nouvelle école, j'agite même un journal où figure sa photo pour illustrer un article sur Feuerstein, en disant que mon frère est une célébrité. Pour les maîtresses, je passe les bornes. Parler de handicap en classe, ce n'est pas le lieu et ce n'est pas leur rôle. Comme si le sujet était grave, comme si on entrait en zone interdite, comme si ma parole d'enfant était trop difficile à entendre. Elles pourraient me prendre à part pour discuter, mais non, elles «alertent» ma mère: je dois consulter. Mieux vaut se débarrasser du grand tabou en m'envoyant le déverser dans un bureau fermé pour qu'il n'éclabousse personne. Mes parents me traînent à trois ou quatre séances mais je suis insolente: «Je veux pas lui donner mes dessins! Pourquoi je raconterais mes secrets à un inconnu?» Ils essaient dans la foulée de me faire parler à une amie à eux, psychothérapeute, sans me dire que je suis en séance. Elle m'emmène manger chinois en tête à tête. Je trouve ça bizarre. C'est une proche alors je reste polie, mais je n'ai pas envie de lui parler non plus.

C'est à cette époque précisément que, sans le savoir, je reçois mon premier label «problème». Pourtant, dans ma tête, tout est très clair: personne ne s'intéresse à mon histoire. Mois après mois, mon masque se forme, ma peau s'épaissit. Je cesse de dire la vérité, je réponds ce qui m'arrange, je ne suis pas ouvertement rebelle mais je résiste. L'autorité ne m'impressionne pas. Tous ces adultes, sans leurs ordres à donner, ne sont rien de plus que moi. *J'ai vécu autant qu'eux, si ce n'est plus, je le sens. Le rejet, l'exclusion, l'injustice, le mépris, les regards, la retenue, les déménagements, la guerre, les gens qui parlent comme ci et se déplacent comme ça, les origines, les religions, les langues, tout ça je connais. Arrêtez de me traiter comme une gosse. Arrêtez de me dire quoi faire. Vous ne m'écoutez pas, je ne vous écoute pas non plus. Je suis un caméléon et vous ne me forcerez à rien.* Le monde est tellement plus vaste et complexe que mon école à Paris. C'est lui qui m'intéresse, et les gens qui le composent. Je pense sans cesse à la vie des autres, je me demande d'où ils viennent, ce qu'ils font quand je ne les vois pas, où ils vivent. Dans l'annuaire, je cherche les noms des maîtresses et des parents d'élèves pour connaître leur adresse – simple curiosité, je ne fais rien avec –, et sur le plan de Paris, j'identifie les quartiers par arrondissements, demande à ma mère ce qu'il y a par là-bas, si ça coûte cher, je me dis: *Tiens, ils sont comme ci, tiens, ils sont*

comme ça, je classe, j'organise. Avoir de mauvaises notes ne m'embête pas car je parais plus mûre que les enfants de mon âge. Les amis de mes parents le disent: «Léa est si mature!»
«Être grande», à mes yeux, c'est le plus beau des compliments. C'est ma fierté. C'est m'accorder du mérite et du respect: moi aussi j'ai participé au sauvetage d'Anton! J'ai vu! J'ai entendu! J'ai de l'expérience!
Voilà pourquoi, quand on me traite comme une enfant, ça me heurte. Je le vis comme une injustice. Je me *sens* grande. Âgée même. Vieille. Lucide. Presque sage. Mais je n'ai ni l'étoffe ni la maturité émotionnelle d'une grande. Comment le pourrais-je? Et pourtant, c'est vrai, pour une enfant, j'ai vécu.

Bataille d'eau

Dorothée est en cuisine cette semaine, et elle m'autorise à prendre autant de citrons que je veux dans la chambre froide. C'est ma nouvelle addiction brûle-graisse. Je pourrais m'en presser dix par jour, mais je m'en tiens à six, deux par repas. Les buffets à volonté ici sont une menace permanente. Je me lève ces derniers jours avec une pression dans la poitrine que je ne connais que trop bien, c'est la corde avec laquelle je tracte l'orage, elle serre.
Dorothée a la soixantaine, un large sourire, des petits yeux noisette, de beaux bijoux dorés aux mains. Dès que la *team* vaisselle du matin a fini de nettoyer, son club de cinq Bostoniennes s'attaque à la préparation du déjeuner. Il est 9 h 30, je les aide à couper des tomates et j'en profite pour jeter un œil aux recettes qu'elle a scotchées au-dessus du plan de travail. Au menu ce midi il y aura un coleslaw, une salade César, du poulet grillé au barbecue, des

petits wraps à la dinde et des fruits à croquer pour le dessert. Les salades, ça me détend. Anton et moi sommes les chouchous de cette *kitchen crew* parce que nous sommes *French*. Outre le fait que Dorothée a suivi trois mois de cours de cuisine dans notre capitale pour fêter sa retraite, elles visitent toutes ensemble la France chaque automne et leurs avis sont unanimes: Paris est la plus belle ville du monde, la route des grands crus est le meilleur *girl trip* qu'on puisse faire, la Côte d'Azur c'est superbe mais Biarritz... quel coup de cœur! Comme la cloche sonne le début des activités, je dois filer, mais elles m'invitent à revenir à 17 heures pour un cocktail, top secret. Je voudrais vieillir comme elles.

Dans la grange sont installés une cinquantaine de tapis de yoga. Ila donne cours ce matin, elle a passé une certification. Peut-être que je ferai ça l'année prochaine en parallèle du boulot et du théâtre, pour adopter un mode de vie sain, aller de l'avant, apprendre toutes ces choses qui rendent les gens zen et aider ensuite mes élèves à se sentir mieux eux aussi. Vu le prix des cours de yoga en ville, c'est sûrement un métier qui paie mieux que la restauration.

Savannah n'aime pas les changements de posture alors je lui propose de faire des étirements sur le dos: je lui tire les orteils, lui échauffe les chevilles, secoue ses jambes allongées, la fais pivoter sur un flanc puis sur l'autre, passe aux bras, aux mains, à la nuque. Ses muscles sont raides. Je lui masse les tempes, elle cherche à me mordre, j'arrête, de toute façon c'est la fin du cours. On fait «Ôm» à l'unisson et on applaudit.

– Ça va ma sœur?

– Ça va mon frère?

Câlin rapide, baiser d'Anton sur le front de Savannah et au galop vers l'extérieur. Il n'a même pas cherché sa joue. Un baiser sur le front, c'est un baiser qui protège.

Le soleil tape. L'autre moitié du groupe est à l'escalade, on attend leur retour sur l'herbe. Will met des cartons dans le foyer pour les brûler plus tard – il a vraiment beaucoup de tatouages. Vanessa, enceinte de leur quatrième enfant, l'encourage depuis un fauteuil à l'ombre. C'est l'une des plus belles femmes que j'aie vues de ma vie, brune, mate, avec un nez adorable et la plus parfaite denture du camp. Ila aussi... Depuis que je connais ces couples, j'ai l'ambition de devenir comme eux. De rencontrer quelqu'un ici pour changer de vie. Ou de créer un Zeno France.

Caleb me propose un massage, je les aime forts, il me broie le dos et passe à quelqu'un d'autre. Je m'assoupis en imaginant ma peau brunir au soleil, en espérant que la marque de mon débardeur ne sera pas trop visible, en écoutant les rires

et les conversations. Ça sent bon la nourriture. Les moments calmes sont si rares qu'ils me semblent chaque fois durer une éternité…
Une horrible sensation glaciale me coupe le souffle. Tout sourire, Caleb brandit la cruche qu'il vient de me vider sur la tête. Je veux vite me lever pour l'attraper mais je glisse et mon menton percute le sol. Ma bouche prend un goût métallique, je crache un amas rouge et reçois dans les yeux un gros débit d'eau : toujours Caleb. Il agite le tuyau d'arrosage en hurlant « *Waterfiiiight!!!* », une nouvelle accueillie par Savannah avec un chant, grave puis aigu, au volume maximum : la joie suprême. Je peux l'abandonner sur sa poussette pour aller dans la maison principale m'inspecter.
Langue parfaitement étirée face au miroir, je vois que l'hémorragie part du dessous. Elle est bien sectionnée. C'est plein de grosses veines là-dessous, et particulièrement laid. Dans la cuisine, plus aucun récipient. Un nouveau avec encore plus d'encre sur le corps que Will remplit un saladier géant avec de l'eau et des glaçons. Cruel. Sa cible ? Caleb. Parfait.
On traverse le champ de bataille, l'eau éclabousse partout, elle est vraiment gelée, ça va être terrible.
– Tu t'appelles comment ?
– Spencer. Toi ?
– Léa.
Notre proie est de dos, dans un moment de grande

vulnérabilité : il se tord de rire en regardant Peter qui vient de déraper en courant avec Will sur le dos.
– 3... 2... 1...
Il se fige, on attend qu'il réagisse. Il est choqué, choqué, choqué, amusé, puis furieux qu'on l'ait pris au dépourvu. Un bon caractère de cochon, celui-là. Ma pauvre Savannah reste sidérée par la giclée perdue qu'elle vient de recevoir. J'essaie de la déplacer mais, parfaitement épanouie au cœur d'une bataille de torses nus et de maillots de bain, elle bloque avec ses pieds notre avancée.
– Arrêtez !!! Arrêtez !!!
Je reconnais les rugissements de mon frère quand il est témoin d'un conflit.
– Arrêtez !!!
Il essaie de séparer deux personnes qui s'agrippent et se débattent, chacune menaçant l'autre de sa bouteille en plastique pleine.
– Arrêtez !!!
Je lui pose une main sur l'épaule mais il me repousse brutalement en s'époumonant.
– Arrêtez !!!
– Anton, c'est une blague, c'est une bataille d'eau pour rire.
Je ne supporte pas quand il perd le contrôle, surtout les cris. Il me faut une solution rapide pour le débloquer, hop, vlan ! un verre d'eau dans la figure.

Ça fonctionne. Ok, rire, rire, je ris, je ris aux éclats et je répète :
– C'est une blague ! C'est pour rire ! Tout va bien ! Les gens crient parce qu'ils sont contents !
Quelque chose change dans ses yeux, ça clique.
– Anton, répète après moi : « C'est une blague ! »
– Non ! Arrête, arrête ! Arrêtez !!!
– Si, répète : « C'est une blague ! »
– C'est une blague !!!
– Oui, regarde autour, tout le monde rit, c'est drôle, on s'arrose parce qu'il fait chaud. Tout va bien.
Non, ça va pas. Une main sur le cœur, il ramasse un verre vide dans l'herbe et disparaît dans la cuisine. Entre deux assauts, on vient me demander s'il a besoin de quelque chose. Je ne sais pas. Il ressort en sirotant une boisson, visiblement plus calme, sans s'éloigner de la maison. Devant lui, la bataille continue. Derrière lui, d'une démarche de diablotin laissant imaginer une suite machiavélique, Jacob dresse un index devant sa bouche et de son autre main déverse une gourde pleine sur la tête de mon frère : toutes les expressions possibles de surprise traversent son corps et son visage – un ver qui se tortille, yeux élancés vers le ciel, bras et jambes d'un coup tendus comme des bâtons, à le faire décoller du sol. Il est si parfaitement stupéfait qu'aucun son ne sort de lui. Dans le même instant suspendu, il se retourne vers Jacob qui attend une réaction, un

rire, un mot, quelque chose. Spencer et moi aussi, on attend. Plusieurs secondes passent sans qu'il bouge. J'ai le temps de calmer mon rire et même de commencer à m'ennuyer quand, sans qu'on le voie venir, il envoie le reste de son verre à la figure de Jacob. Un autre silence passe et les deux se mettent à pouffer sans retenue, des tapes sur le dos et des gros mots en français.

Small town boys

En claquant la portière, j'entends des pas qui accélèrent derrière moi.

Ça va mieux, petite mère ?

– Salut, Trevor ! Ça fait longtemps !

– Ouais, j'avais un job avec mon cousin. Enfin riche ! Tu t'es remise de tes émotions ?

– Du concert ? C'était il y a une éternité.

– Moi j'ai eu le temps d'y réfléchir et je me disais qu'il a vingt-quatre ans et qu'il voulait juste passer la soirée avec une meuf.

– Sûrement, oui, c'est complètement ça, mais il est pas autonome, si j'avais pas fait le tour des vans on aurait pu partir sans lui.

– Bien sûr, si c'est le scénario que tu veux te raconter, vas-y. T'es pas seule à veiller sur lui ici, t'inquiète.

– Je m'inquiète si je veux.

– Moi, mon frère, il est addict à tout ce qui rend addict. À cause de ça, il arrive pas à garder un boulot, ses potes ont déserté, ses meufs ont des problèmes aussi donc ça dure jamais, et pour compenser, il boit et il consomme. Je compte plus les fois où il s'est fait dépouiller, où on l'a viré d'apparts parce qu'il foutait le bordel, où il a déménagé dans une autre ville pour repartir de zéro. Tous les jours j'ai peur qu'on m'appelle pour me dire qu'il est en taule ou qu'il s'est passé un truc très grave. Je te comprends.

C'est son grand frère, presque trois ans de plus, comme Anton et moi. Il continue :

– Je lui en veux pas, il fait pas exprès de faire tout ce qu'il fait, mais ça m'abîme trop.

– Genre ?

– Je me bats pour me bâtir une vie saine. J'apprends tout sur le tas. C'est pas facile pour moi, mais vu que c'est pire pour lui, je me tais. Moi les cours, j'y arrivais pas. C'est parce que je suis dyslexique ? C'est parce que je suis pas scolaire ? C'est parce que ces histoires familiales m'ont tellement foutu la pression que j'avais aucun espace mental ? C'est les trois ?

– Je me pose les mêmes questions.

– T'es dyslexique ?

– Non, mais je comprends ce que tu veux dire. C'est comme si mes fondations étaient tellement poreuses que je peux rien construire dessus. Mais parle-moi de toi.

– Non, j'ai pas trop envie de parler de moi. En tout

cas c'est cool de savoir qu'on se pose les mêmes questions. C'est rare.
– T'en connais d'autres, des frères et sœurs comme nous ?
– Ouais, mais ça leur a fait un peu l'effet inverse, ça les a ultra-responsabilisés : super bonnes notes, pas de vagues. Alors que moi ça m'a niqué.
Nous ne sommes pas égaux face à notre capacité à gérer nos émotions.

Les commerces de Bristol sont concentrés sur Main Street. Face à face sur une centaine de mètres : quatre restaurants, une boulangerie, une galerie, une friperie, un coiffeur. À l'arrière de ces bâtiments d'un étage ou deux : un gros supermarché, une parapharmacie. Un peu plus loin, en face de la pompe à essence : l'église. Encore plus loin : la banque, la poste, le magasin de bricolage, le terrain de jeu, les écoles, le stand de glaces. Tout autour : un quadrillage de maisons individuelles pour près de quatre mille habitants, jusque dans la forêt.
Cubbers, c'est le QG du coin, devanture pistache et auvent rouge, « la meilleure pizzeria du monde », dit Nate en nous entraînant à l'intérieur, Savannah et moi. Il attrape un gobelet en carton et se dirige vers la machine à boissons. *Buzzzzz, buzzzz,* et – ultime pression pour grappiller quelques gouttes de Lipto-nic – *buz.*

– Par-fait ! Pile à ras bord !
Je vais goûter aussi, tiens. On s'installe sur une table de quatre, à côté des cuisines qui, ce soir, sont à nous : on a réservé le restaurant entier. Une longue queue se forme pour que chacun dispose les condiments qu'il veut sur une pâte fine, épaisse, fromage ou sans gluten. Au blender, je mixe les spaghettis de Savannah, supplément sauce tomate pour l'onctuosité. Lexie attend son tour derrière moi, pour des spaghettis aussi, alors je lui dis de mettre sa portion avec la mienne, ça ira plus vite. Elle prend des nouvelles de Savannah. Elle va bien. Comme elles sont proches, je me permets de dire qu'elle a ses règles, parce que ça peut expliquer un peu tout, la constipation, l'accident, les humeurs, les chants. Lexie acquiesce, c'est sûr que c'est ça. *Serions-nous en train de devenir amies ?* Puis elle prend des nouvelles de mon frère :
– Il a eu peur au concert ?
– Pas du tout.
Elle trouve ça bien. Je ne suis pas d'accord, il n'a pas conscience du danger. Elle n'est pas d'accord, il est libre. *Tout compte fait, on n'est peut-être pas faites pour s'entendre.*
– T'as des frères et sœurs toi ?
– Cinq ! Le gros lot !
Et elle tourne les talons pour se diriger, avec son bol plein de purée, vers la terrasse où sont attablés

les garçons : Jumbo, Thomas, Caleb, Trevor, Spencer.
Visiblement, elle aussi aime les garçons.
Mon souvenir est flou. Je crois que c'est elle qui, lors de la cérémonie des morts l'année dernière, avait perdu sa mère. J'éprouve une tendresse nouvelle, probablement teintée de pitié (mais ça se corrige), et un arrière-goût de rivalité.
– *Pissa?*
Main dans la main avec mon frère, Nate me glisse une part sous le nez.
– *Made pissa with your brother!*
– *It looks great!* T'as fait la pizza avec Nate, mon frère ?
– Ouais ! Ouais j'ai fait la pizza ! Ouais !!! J'ai mis les oignons, les champignons, le fromage et... et c'est tout !
Il finit d'énumérer avec ses doigts, lève les bras en guise de victoire et retourne en cuisine. Savannah le regarde toujours de ses yeux ronds et fondants.
– M'assois ? demande Nate.
– Bien sûr, je réponds.
– J'adore Cubbers !
– Moi aussi !
– Ici tous les jours !
– T'habites à côté ?
– Dix minutes là-bas, dit-il en pointant vers l'extérieur.
Nate aime être élégant. Il a une collection de cravates et nœuds papillons avec lesquels il vient

au camp, emprunte des vestons dans la salle des costumes. Ce soir il porte une veste noire, une chemise noire, une cravate noire, un bermuda noir, des chaussettes hautes noires et des chaussures de ville noires.

– Eh Nate ! Ça va ou quoi ? dit un inconnu en lui tendant un sac plastique.

– Eeeeh m'ami ! Ç'a moi ?

– Je passais là par hasard, je t'ai vu par la vitre ! J'allais déposer ça chez ta mère. Tu peux partager, y en a plein ! Allez, ma femme m'attend dans la voiture, je vous laisse. Dieu vous bénisse.

Dans une boîte, il y a des biscuits faits maison qui sentent bon le beurre de cacahuète, et au fond du sac une boule noire. Le visage de Nate s'illumine. Il fonce aux toilettes et ressort d'un pas lent et théâtral, sourcils et menton levés, revêtu d'un tee-shirt noir à l'effigie de Dark Vador.

– Dark Side de retour ! Dark Side de retour ! annonce-t-il sous les applaudissements d'une foule passionnée qui crie : « Dark Side ! Dark Side ! Dark Side ! », en allant pour certains jusqu'à se prosterner. Dark Side de retour ! Aidez-moi ma veste !

On l'aide à la remettre. Il parade jusqu'à notre table, prend une pose à la Betty Boop et glisse délicatement sur la banquette pour reprendre sa dégustation de pizza là où il l'avait laissée, face à moi. Le spectacle est terminé.

Jeremy vient s'asseoir avec nous en prévenant qu'il n'a pas trop envie de parler, il veut juste la compagnie de ses amis.
– Jeremy, mon frère. Toi, tu veux ma fille? me demande Nate, sourcils levés.
– Tu veux que je sois ta fille?
– Oui! Père ou papa!
– D'accord père, c'est un honneur que tu sois mon père.
– Toi?!
Il pointe Savannah.
– Tu veux qu'elle soit ta fille aussi?
– Oui!
– Tu veux être sa fille, Savannah?
Toujours focalisée sur mon frère, elle mange sa glace vanille. Il faudrait que j'aille voir ce qu'il fait encore en cuisine.
Dès qu'il me voit approcher, Anton cache ses oreilles. Pourtant, je souris.
– Tu as mangé?
– Oui.
– C'était bon?
– Oui.
– Tu veux t'asseoir avec nous?
– Non.
Je remarque un pansement sur son index gauche.
– Tu viens de te couper?
– Oui.

– Ça va ?
– Oui.
Il voit pas qu'il me vexe ?
Je propose à ma table d'aller dehors. Il fait bon. On est à peine sortis qu'un couple de passants aborde Nate. *Il connaît tout le monde !*
– T'as plein d'amis !
– Appelle-moi papa !
– Papa, t'as plein d'amis !
– Oui, plein d'amis !
– Tu sors tout seul à Bristol ?
– Oui, et Burlington. Burlington, j'adore.
– Tu fais plein de choses seul ?
– Oui.
– Tu prends le bus ?
– J'prends pas bus, j'appelle m'amis !
Alors que Nate se lève pour saluer encore des gens, Jeremy lâche :
– *Small town boy !* Moi aussi, mais j'ai déménagé plusieurs fois alors j'ai pas les mêmes attaches dans ma nouvelle petite ville. La maison de Nate est isolée dans la montagne. Il appelle tout le temps des gens pour qu'ils viennent le chercher. Parfois, il disparaît alors que sa mère est dans la salle de bains. Elle se retrouve à téléphoner à tout son répertoire pour savoir qui a embarqué son fils : « Quand il dit m'avoir prévenue de sa sortie, il faut vérifier, c'est souvent faux ! » Sa pauvre mère ! Parfois ça dure des

heures, mais Nate finit toujours par rentrer avec un cadeau quelconque et le ventre plein.

Jeremy aussi reçoit parfois des cadeaux de ses amis les commerçants. Il aime bien chez lui, le beau temps de la Caroline du Nord, la plage, c'est super… mais dans le Vermont il y a Zeno. Nate peut aller à Zeno tous les week-ends s'il le veut. Il le fait, d'ailleurs, il a de la chance.

Beaucoup de gens ici vivent encore chez leurs parents, comme mon frère. Ça m'étonnerait que ce soit par choix.

En dépassant le panneau «Bristol» pour rentrer au camp, j'y réfléchis. Grandir dans une petite ville qui va moins vite, où tout le monde se connaît, aurait peut-être été mieux pour ma famille. C'est plus facile pour se faire des amis.

Quand Anton a atteint sa majorité, il a fallu chercher un nouveau centre. Plusieurs stages d'une semaine lui ont été proposés dans des établissements qui étaient en même temps lieux de travail et lieux de vie. Pour l'ESAT[1] cuisine, il n'était pas assez autonome, pas assez efficace; pour la blanchisserie où il pliait

1. Établissement et service d'accompagnement par le travail: structure qui permet aux personnes en situation de handicap d'exercer une activité professionnelle en bénéficiant d'un soutien médico-social et éducatif dans un milieu protégé.

des draps d'hôpitaux en continu, il n'avait pas assez le sens du «poste de travail»: comme ça l'ennuyait, il invitait ses potes à prendre des cafés à la machine. Il a aussi passé quelques jours dans un foyer de vie. Là, il était trop joyeux. Ça dérangeait les autres résidents, pour la plupart sédatés. Je me rappelle la visite des chambres doubles aseptisées, des salles avec des petites fenêtres sur les portes pour observer: une ambiance médicale, avec des taches de couleur sur les murs pour donner l'illusion de la joie. Déprimant.

À vingt ans, il a appris à traverser Paris pour aller chez une psychologue. Il y avait bien quinze minutes de marche après le bus. On lui a donné un portable pour l'occasion, toujours pendu à un fil autour de son cou. Dans une de ses poches, on glissait une carte plastifiée qui mentionnait ses nom, prénom, date de naissance, handicap, adresse, numéro d'urgence. Une seconde ficelle reliait ses clés aux passants de la ceinture de ses pantalons. Mes parents ont même imaginé payer des gens pour qu'ils le suivent incognito, «au cas où», mais ça n'a pas été nécessaire. Quand il a arrêté de voir cette femme, c'était fini, plus de longs trajets seul, faute d'occasions.

Pourquoi n'ont-ils pas tiré ce fil? Je leur ai posé mille fois la question. Ils l'ont trop couvé, je l'ai toujours dit. Et en même temps, je comprends. Il suffit d'un rien pour absorber Anton: les travaux, le métro, un bruit, les gens... Le monde se fige, il n'entend plus, il n'y a plus que la chose dont il semble pénétré qui l'intéresse. Quand je le vois traverser la rue les yeux dans le vide alors même qu'il est en train de me réciter les étapes de sécurité par cœur – s'arrêter, regarder le feu, à gauche, à droite, indiquer aux voitures qu'on passe – je me dis que je n'arriverai jamais à lâcher sa main.

Au fond, je sais qu'on a de la chance. Chez moi, on peut compter sur la famille. Pendant la semaine ou les vacances, tout le monde se relaie pour Anton, avec amour et simplicité : mes grands-parents, oncles et tantes, cousins et cousines. Quand il le faut, en famille, on trouve une solution. Ça n'a pas de prix.

3.

Je vire

(2017)

Grande petite sœur

L'inquiétude se lit sur le visage de nos parents lorsqu'on passe les premiers portiques. Après de longues embrassades, il faut y aller. Ils agitent les bras, envoient des baisers.
Juste avant qu'on ne disparaisse, emmenés par l'escalator, mon père lance :
– Anton ! Protège ta petite sœur !
C'est la première fois que j'entends cette phrase.
On atterrira à Montréal, où des amis nous prêtent un appartement pour la nuit dans mon ancien quartier, le Mile End, puis on prendra un bus pour Burlington où quelqu'un viendra nous chercher.
On n'a jamais pris l'avion seuls ensemble : c'est la fête. J'ai envie de couvrir mon frère de cadeaux.
– Tu veux un café au lait ? Tu veux du sirop de caramel dedans ? Plutôt vanille ? Bien sûr ! Starbucks ! Supplément chantilly ! Un croissant ! Et pour moi ce sera un cappuccino.

Je lui donne l'argent pour qu'il paie, il me rend la monnaie pour que je vérifie.
– C'était combien ?
– Euhhh...
– Si tu as oublié, redemande à la dame.
– C'était quatorze euros quatre-vingts, dit-elle.
J'apprécie le ton de sa voix, posé, direct.
– Alors on va dire quinze. Tu as donné vingt euros, donc ça fait vingt moins... ?
– Dix.
– Non, pourquoi dix si c'est quinze euros ?
– Quinze !
– Vingt moins quinze ça fait... ?
Il compte sur ses doigts :
– Quinze, seize, dix-sept, dix-huit, dix-neuf, vingt ! Ça fait six !
C'est vrai que si on lève un doigt pour le quinze, on arrive à six.
J'abrège la leçon de mathématiques pour qu'on ne devienne pas les casse-pieds de la caisse, il tend sa main à la barista pour un check et on se dirige vers le bout du comptoir pour récupérer nos boissons. Les regards sont sur nous, il y a peu de temps ils m'auraient fait l'effet de coups de poignard mais, là, je crois que ça va.

Côté hublot, Anton regarde le ciel, blanc. Sa main droite est délicatement posée sur ma cuisse, ongles

noirs de peinture et de pastel. J'essaie de gratter mais ça ne part pas.
– Et après Montréal?
– On va à Zeno.
– Quand?
– Dans deux jours.
– Et après?
– On va à Zeno, et après les parents viennent te chercher et tu rentres à Paris.
– Quand?
– Dans deux semaines.
– Et après?
– Je sais pas.
– Qui vient me chercher?
– Les parents viennent te chercher dans deux semaines.
La notion de temps est abstraite pour Anton. Deux jours ou trois mois, c'est un peu le même sentiment: l'attente.
Sa mémoire est bonne pourtant. Les gens, les lieux, les dates, les numéros de téléphone, les anniversaires… il s'en souvient. C'est vraiment une question de tri d'informations, du moment où se passent les événements. Il répète pour s'assurer qu'ils arriveront, qu'il a bien compris, pour discuter aussi. Et comme la conversation est difficile, il répète ce qui lui fait plaisir, pour occuper ses pensées de choses plaisantes.

Mais ce n'est pas tout. Dans sa vie, il y a peu de place pour l'imprévu. Tout est organisé, calibré. Il ne peut pas partir sur un coup de tête pour satisfaire une envie ou un besoin. S'il veut faire quelque chose, il dépend des autres, et les autres, eux, ne perçoivent pas toujours sa solitude.
Le temps est long. L'attente est longue entre les événements importants, et le manque si grand qu'il faudrait des années d'aventures pour le combler. Alors il répète.
Arrivés à Montréal, ensemble, on passe devant le douanier. Ce moment est toujours angoissant, je parle pour deux. J'explique que c'est mon frère, il a un handicap mental, on est canadiens par notre père mais on vit en France, on rend visite à notre famille (c'est toujours le motif le plus simple à donner). Pas de problème.
Montréal est à nous !
Je reprends mes habitudes sans réfléchir : le bus 747 jusqu'à Lionel-Groulx, puis la ligne orange jusqu'à Laurier, et le 51 jusqu'à Laurier-Parc. On va déposer nos affaires, se doucher, se changer.
Notre appartement est côté Outremont, le quartier juif orthodoxe. Je suis toujours amusée de les voir tous habillés comme à Jérusalem. Pour moi, les toques en fourrure, les papillotes, les *tephillin*, les *tsitsit*, les perruques, les jupes longues, les collants beiges épais, les familles de huit, les enfants qui

promènent les enfants, le yiddish, certaines odeurs de nourriture... tout ça, ce sont nos années à Jérusalem.
À l'appartement, Anton veut se raser «pour être beau gosse» et choisir ses vêtements. Je flirte avec l'idée de retrouver des amis, il y a une fête pas loin, mais ça me paraît trop compliqué. On peut quand même sortir.

Je l'emmène chez Henrietta, le bar à cocktails qui a remplacé le Baldwin où nous allions avec mes copines. Il s'élance sur l'avenue du Parc. J'essaie de voir s'il a l'air différent des passants, si on voit son handicap. Il y a bien des petites choses mais, au fond, pas vraiment. Parfois c'est plus simple quand ça se voit, il n'y a rien à expliquer, les gens savent.
Au bar, il y a du monde, mais on a de la chance: une table pour deux vient de se libérer à côté de la fenêtre. Quand il y a de la musique, Anton ne peut pas s'empêcher de hocher la tête en rythme.

J'aime bien ça! dit-il.

– T'aimes le bar?

– Ouais!

– Je venais ici avec mes copines quand j'habitais à Montréal! Tu te souviens quand je vivais ici?

– Ouais je me souviens! Eh, ils sont bien habillés les gens!

– T'as vu? Comme toi! Toi aussi t'es bien habillé.

– Ouais je suis beau gosse moi, je suis beau gosse. Ouais, j'aime bien.

– Tu veux boire quoi ?
– Un Coca !
– Tu veux pas un cocktail ?
– C'est quoi ?
– Moi je prends un cocktail au rhum, *ginger beer* et citron. Tu veux ? Il y a de l'alcool, tu vas être bourré.
– Ouais je veux bien ça !
Nos dark'n'stormy arrivent sous le regard amusé d'Anton. Aussitôt trinqué aux vacances, aussitôt plongé nos lèvres supérieures dans le verre aux glaçons qui tintent. Une grimace absolument disproportionnée transforme son visage : c'est acide. Je pouffe et m'enfile deux grosses gorgées : c'est chargé. Je sors fumer de l'autre côté de la vitre. On se regarde, il lève son verre dans ma direction avant de tremper ses lèvres avec précaution. *Elle fait du bien cette clope.* En revanche, les cocktails avec des glaçons, c'est vraiment une arnaque, j'ai déjà terminé mon verre. En me faufilant jusqu'à notre table, je croise la serveuse.
– Je voudrais un shot de rhum ambré et un autre dark'n'stormy s'il vous plaît, et la carte pour commander à manger. On est installés juste là-bas. Merci beaucoup.
Anton a l'air normal vu d'ici. Il balaie du regard la salle tamisée de long en large. Je le sens dans son élément. Il aime la nuit, comme moi. Ça pétille dans mon ventre.

– Et voilà les boissons et le menu !
– On va prendre deux *grilled cheese*.

On ne s'est pas dit grand-chose mais c'était bien, vraiment bien. Ma nostalgie nous porte dans quelques rues du Plateau et du Mile End, devant des fenêtres d'appartements dont je connais si bien l'intérieur. Le temps de rentrer, on dresse la liste de toutes les personnes que j'ai rencontrées pendant ces trois années de vie à Montréal.
Il s'effondre sur le lit, je n'ai pas sommeil. Sans lui, j'aurais fait la fête jusqu'au petit matin. Calée contre la fenêtre, je regarde des hommes en tenue traditionnelle rentrer chez eux. Quand il n'y en a plus, je me concentre sur les écureuils qui dansent sur les câbles électriques et autour des poubelles. Demain, j'emmènerai mon frère manger une *babka* chez Cheskie, puis on boira un café à l'Olimpico, on ira dans des friperies, on prendra des bagels sur Saint-Viateur qu'on mangera en haut du mont Royal pour la vue, ensuite je l'emmènerai danser aux Francofolies sur la place des Arts et on finira à Dieu du Ciel! pour une bière.
Je repense à la phrase de mon père : « Tu protèges ta petite sœur. » Je me sens en sécurité avec lui. *Est-ce qu'il l'aurait été sans moi ?*

Un jour, sur un chemin qu'il connaissait bien...

Comme mon souvenir est flou en écrivant, je redemande à mes parents et à Anton ce qui s'est réellement passé ce jour-là.
Version de mon père: «Il est arrivé en pleurant, en disant "Il a pas le droit de faire ça, il a pas le droit de faire ça, il m'a giflé", alors on a couru là où ça s'était passé, mais ils étaient partis. C'étaient deux jeunes, un gars et une fille. Je pense qu'Anton regardait la fille.»
Version de ma mère: «Mais non. Tu m'as appelée pour me dire que tu fonçais à l'angle de je sais plus quelle rue parce que Anton venait de t'appeler en répétant: "Il a pas le droit de faire ça, il a pas le droit de faire ça, il m'a giflé." Il était super agité, je crois qu'il pleurait. Il regardait sûrement la fille, oui, il se rend pas compte que ça peut déranger. On en parle souvent, mais il ne le sent pas. Enfin, bon, c'est pas comme s'il allait faire quoi que ce soit, mais ça dérange, oui...»
Ma version: «Il est rentré en larmes, en touchant sa joue et en répétant: "M'a tapé, m'a tapé!" On a mis une grosse semaine à comprendre qu'un jeune l'avait giflé parce qu'il regardait sa copine, il a mis des mois avant d'accepter de refaire le trajet seul, et il était dans tous ses états dès qu'on passait l'angle où ça s'était passé, il tremblait et tout...»
Version d'Anton: il se marre.
On est tous d'accord pour dire qu'aucun commerçant n'a rien vu et que personne n'a pris sa défense.

J'ai tendance à teinter de violence ses rencontres avec l'extérieur. Réflexe. Combien de «Mal élevé!» à ma mère lorsque à treize ans il faisait encore une crise pour avoir sa place préférée dans le métro, contre la vitre, dans le sens de la marche? Combien de pas pressés au supermarché pour nous contourner?
Même absent, il était problématique.
En cinquième, lors d'une veillée paisible de colonie de vacances autour d'un feu de camp, ma meilleure amie de l'époque, qui connaissait mon frère, a pris la parole pour demander à la trentaine d'ados présents: «Vous faites quoi si vous avez un enfant handicapé?» Tout le monde a répondu: «Ah mais berk! Ah mais horrible! Ah mais je le jette!»
En quatrième, dans la queue de la cantine, on m'a demandé tout sourire: «Eh y paraît que ton frère est gogole, c'est vrai?» J'ai répondu en ravalant mes larmes et ma honte qu'il n'avait pas de handicap – «Ça va pas la tête?» – en sachant que certains savaient.
La honte d'avoir honte. La fameuse.
Chaque coup qu'on lui donnait, je le prenais aussi. Pourquoi faisait-il de nous des cibles faciles pour tous ces lâches? Ces regards scrutateurs, inquisiteurs, quand ils n'étaient pas fuyants, chacun de ces regards partout où on allait m'était insoutenable.

Ne pouvait-il pas se tenir dix, quinze, vingt petites minutes pour passer incognito le temps de quitter la foule ? Et ces gens, ne voyaient-ils pas qu'ils avaient face à eux un garçon aux perceptions décalées ? Où était leur bon sens ? Et leur cœur ?
Prendre sa défense, c'était risquer ma place dans le monde. Pour m'armer, j'avais fini par accepter de croire ce que j'entendais. Si tout le monde disait qu'il ne valait rien, c'était peut-être vrai. Comme ce n'était pas sa faute, ce n'était pas grave. Ce n'est pas grave de ne valoir rien si on n'y peut rien. C'est juste la vie. La fatalité. Voilà. Pas de bol. Au moins, il aurait la famille. Je lui en avais consciemment fait le don. *Prends les parents. Prends-les tous, ils t'aimeront pour toujours. Moi, je dois me sauver.*

Babouchka

Comme pour chaque réunion de famille, Babouchka a passé trois jours en cuisine à préparer sa fameuse soupe verte (à l'oseille), ou rouge (à la betterave), ou alors un *borchtch*, avec choux farcis, œufs farcis, poulet farci, roulades farcies salées et sucrées, *pirojki* farcis salés et sucrés, crêpes farcies à la viande, *bitochki*, salade russe, harengs avec de l'oignon blanc cru et de gros cornichons aigres-doux, son gâteau Napoléon (mon préféré, celui de mes anniversaires), son gâteau aux noix, celui aux miettes de Petit LU imbibées d'un coulis au cacao 70 % (le coulis se fige après trois heures au frais, pas de cuisson, exceptionnel), ou le noix-chocolat-vodka (le gâteau des dix-huit ans de ma mère). Comme c'est le Nouvel An, on a droit à presque tout. L'abondance avec des produits premiers prix.

On met les rallonges à la grande table en bois laqué de la salle à manger, à laquelle on aligne celle en

formica de la cuisine, et une troisième sur tréteaux, extraite de la cave. L'ensemble d'au moins huit mètres de long traverse toute la pièce, jusque dans le bureau attenant. Il y a le moment habituel, entre quelques femmes de la famille, du choix des nappes et des serviettes assorties. Babouchka aurait aimé qu'elles viennent de sa mère, qui était une brodeuse hors pair :
– Vous savez, elle est morte à trente-neuf ans, en février 42. Cette année, ça va faire soixante-sept ans. C'était la guerre, l'hôpital de Rostov était à dix kilomètres du village où nous étions réfugiés. Vingt allers-retours. J'allais la voir, à pied, en hiver. Et elle est morte. Cancer. À dix-sept ans, je suis restée seule avec mon papa, nous n'avions plus rien.
De sa voix douce et solennelle, empreinte de *r* roulés, de *n* appuyés, d'accents toniques mal placés, d'inflexions, d'hésitations, elle a bercé notre enfance de ses tragédies, sans plainte. Elle emploie de jolis mots, parle un français écrit où se glissent parfois des fautes. Il lui reste de sa mère un livre de recettes rédigées à la main, un petit rideau en filet rebrodé écru, fait main, et deux coquillages. Tout le reste a été perdu pendant la guerre. Pour elle comme pour ma mère, tout ce qui vient de l'enfance est un témoin, une relique, de l'or. Entendues mille fois, ces histoires ne me font plus d'effet. Tous mes amis à Paris sortent fêter la nouvelle année 2009 et

moi je me coltine la famille, les conversations sur le passé et celles sur l'avenir : le brevet des collèges, en juin.
Toute sa vie, Babouchka a conjuré le sort des siens, morts trop tôt, en les faisant vivre à travers elle. En parlant d'eux, elle les honore, les garde vivants. Ces histoires du passé, légendaires, son cœur démesuré, magnanime, sa générosité sont ce qu'elle nous a offert de plus précieux. Seule la solitude lui pèse, et la dépendance. Elle dit que, le jour où elle ne sera plus autonome, elle voudra mourir.

– *Tatatatata, tatatatata, tatatatata, tatatatata…*
Je reconnaîtrais cette mélodie parmi mille.
– Allez tout le monde !!!!!
Depuis quatre ans, une éternité, Anton, les deux mains sur les oreilles, tangue au rythme de Calo Passi :

On choisit ni son origine ni sa couleur de peau,
Quand on rêve d'une vie d'château quand on vit l'ghetto.

Combien de temps encore va-t-il nous casser les oreilles avec ça, « Les Rois du monde », Lorie, « We Will Rock You », cette playlist composée de quatre ou cinq morceaux phares, en boucle ?
Nétati, mon grand-père, l'interrompt pour regarder le dernier *20 Heures* de l'année. Au milieu de

l'effervescence, une vingtaine de petites mains pliant les serviettes, arrangeant les couverts et disposant les plats au centre de la table: un caviar d'aubergine ici, ici, et ici, les poivrons marinés, là et là, les œufs farcis, on peut en mettre plus sur cette assiette… Mes oncles, Victor et Pierre, sortent la vodka au raifort maison, et celle au sureau de chez Prestige, l'épicerie russe de la rue Lecourbe. J'ai goûté la Sobieski au goulot dans la cuisine d'une copine, ses parents étaient en week-end, tous les ados du quartier avaient débarqué. On se faisait tourner les bouteilles pas fraîches, les spliffs, les clopes. Quatorze ans. J'avais pris deux grosses gorgées brûlantes en gardant la face et roté pendant des heures un relent infect, mélange de dissolvant et d'éthanol, que même la Smirnoff Ice ne faisait pas passer. Sans donner de détails, j'informe mes oncles de cette nouvelle étape vers l'âge adulte:

– C'est très bon, la vodka.

Alors ils me servent, un, deux, trois shots, qu'on espace de tranches de hareng sur du pain noir et de la charcuterie des Balkans, grasse, pour absorber. Ça glisse tout seul.

– Non! C'est pas vrai, mais on n'a pas mangé!

Ma mère est assez fine pour ne pas raconter qu'elle m'a récupérée dans un sale état quelques semaines plus tôt. Depuis, elle s'inquiète.

– Mais maman!

– Vous allez être complètement raides. Pourquoi vous lui faites boire ça ?
– Prends un petit verre, ma sœur, ça va te détendre, dit Victor.
– Léa, tu bois trop !
– Mais pas du tout, enfin !
– Je suis pas contente, c'est pas bien. Vraiment.
– Mais maman !
– Bon, qui veut des bulles ?
Babouchka, quatre-vingt-quatre ans, la matriarche, le pilier, l'origine de tout, le corps rond d'un mètre soixante-deux (jadis soixante-dix) qui a donné la vie à ma mère, ses frères, et par extension à presque toutes les personnes présentes, incline toujours son verre pour des bulles ou du rouge. Elle fait aussi des discours :
– Je suis tellement heureuse qu'on est ensemble... de nous réunir comme ça, si nombreux. La famille, c'était mon rêve, vous êtes mon rêve. Oui. Oui. Je veux que vous continuiez à faire la fête et à vous aimer comme ça, pour toujours ! Avec mes recettes, avec tout le monde. Ce Nouvel An, c'est peut-être le dernier avec moi, mais s'il vous plaît, il faut continuer, il faut continuer d'être ensemble et vous aimer.
Les enfants brandissent leur verre de jus de raisin rouge, les adultes leur verre de vin, nous sommes tous serrés à la même table, avec les mêmes assiettes, les

mêmes couverts, pas de menu enfant, tous ensemble, égaux, un clan.

La plupart de mes souvenirs d'enfance se situent là, dans cet appartement du rez-de-chaussée d'une résidence années 70, en banlieue parisienne. Avec mes cousins, on passait des heures à grimper dans le grand marronnier en face des fenêtres de la cuisine et de la salle à manger et on a tous appris à faire du vélo sur la dalle côté chambre. Anton ne montait pas dans l'arbre mais le vélo, avec les roulettes à l'arrière, il pouvait. On sonnait aux interphones des voisins pour qu'ils descendent jouer, à chat, à la balle au prisonnier, et on se planquait toujours dans le même laurier-palme taillé en boule dont l'intérieur mimait un parfait appartement, rien qu'à nous. Entrée, coin toilette, coin salon-cuisine. On faisait pipi sur les fourmis et les gendarmes, réclamait l'intimité pour le «numéro 2» qu'on recouvrait de feuilles fraîchement cueillies, notre papier-toilette. Il y avait des escargots, parfois leur coquille était vide. Ils avaient dû déménager.
La résidence est vaste. Plus on s'éloigne, plus il m'est difficile d'emmener Anton. Trop lent, peureux, il trébuche, ne comprend pas les règles des jeux, dénonce les autres à cache-cache, ne parle pas comme nous.
– Il va guérir quand? me demande un jour Joanna,

la voisine du cinquième, un an de plus que moi, mon modèle.
– Dans un an.
Les bras croisés, elle sourit en regardant Anton, neuf ou dix ans, instable sur son éternel vélo à roulettes. Que voit-elle ? Il me fait honte. À six ans, le petit frère de Joanna n'utilise déjà plus de roulettes. Je sonne à l'interphone pour demander s'il peut rentrer. Je dégage mon frère comme ça, de sang-froid. Je me suis déjà demandé si un jour il se réveillerait normal et combien de temps ça lui prendrait pour rattraper son retard à l'école. J'ai aussi songé à la possibilité qu'il se paie notre tête à tous depuis le début, et ait une longueur d'avance sur le monde entier.
Il rentre et réapparaît quelques secondes plus tard par la fenêtre du salon, petite tête ronde aux joues comme deux pommes, épi sur le front, menton appuyé sur son ballon rouge.
– Ah bah enfin libres ! dit le voisin de palier.
– Ta gueule, Sofiane, je réponds.
– Pfff ! T'as qu'à le surveiller alors.
Sofiane disait toujours tout haut ce que je redoutais que les gens pensent tout bas. Plus d'une fois j'ai imaginé lui griffer le visage, à ce sale con. Mais au fond, ce jour-là, j'étais soulagée. Juste comme ça, délestés, on a pu s'éloigner, les voisins et les cousins, parmi lesquels des frères et sœurs, les grands s'occupant des petits.

En rentrant, on a embrassé Anton et on s'est blottis sur le canapé, tous les cousins. Il avait l'air tranquille avec Babouchka, à regarder religieusement *Des chiffres et des lettres*. À la fin de l'émission, il a brandi le *Télé Z* et déchiffré le programme de la soirée : *NCIS*, *New York, police judiciaire*, *Julie Lescaut*, *Diane, femme flic*, au choix.
Nous étions tellement différents. Il était maladroit et craintif, j'étais extravertie et casse-cou. Il aimait les jeux de ballon, je grimpais sur tout ce que je pouvais pour me suspendre, tête en bas. Il aimait la musique classique, moi la pop. Il adorait les comédies musicales, moi les livres. Il n'avait aucune conscience du regard de l'autre, je ne voyais que ça. Zéro souvenir de complicité. Nous avons grandi en décalé.

À ce Nouvel An 2009, il a beau m'énerver à manger avec les mains, à se lever toutes les cinq minutes, à frotter ses oreilles par à-coups rythmés : *frotte-frotte-frotte... frotte-frotte-frotte... frotte-frotte-frotte*, à ne pas articuler, à interrompre les conversations pour finalement ne rien dire, à retrousser sa manche droite jusqu'à l'épaule, à phaser des minutes entières sur les bulles de son Coca, je le trouve grandi. Seize ans, petite barbe, visage d'ado, une voix qui a fini de muer, quelques kilos en moins. Je voudrais l'habiller plus souvent. Mes parents lui achètent toujours des vêtements qu'il ne choisirait jamais s'il avait un

avis sur la mode, ces grosses chaussures à scratchs, là, on dirait un modèle orthopédique de pharmacie pour les vieux. Qu'est-ce qu'ils ne comprennent pas dans Vans? Nike? Adidas? New Balance? «Il a un pied difficile.» Ils participent à sa stigmatisation et je le leur fais bien comprendre. Quoi qu'ils fassent, ils tapent à côté, ils ne comprennent rien aux jeunes, rien à la vie. Ma mère propose qu'au lieu de me plaindre je les accompagne faire du shopping. Je suis déjà forcée de vivre avec eux, je ne vais pas en plus leur accorder mon samedi après-midi.
Mais, ce soir, les shots de mes oncles m'ont bien détendue et je décide de profiter de ce Nouvel An qui sera mon dernier en famille. Avec l'entrée au lycée, j'ai pris la résolution de réduire la fréquence des réunions: anniversaires, Noël, Nouvel An, Pâque russe... Le réveillon, c'est la fête de trop. Que la pratique de la religion ait été interdite en Union soviétique et que la nouvelle année soit par conséquent *la* fête familiale de ses ressortissants ne peut pas me concerner pour toujours. «Babouchka y tient. La tradition, c'est la tradition. La famille, c'est la famille», dit ma mère. J'en ai marre de tout faire différemment des autres. On ouvre même les cadeaux le 31 décembre.
– Léa! Viens m'aider! On va remplir les verres pour le compte à rebours! Papa, allume, c'est bientôt l'heure!
Maître de la télévision, Nétati presse fort sur le

bouton rouge de la télécommande et le gros écran carré prend vie, à côté du sapin en plastique illuminé.

– 10... 9... 8... 7... 6... 5... 4... 3... 2... 1... BONNE ANNÉE 2009 !!!

C'était vraiment le dernier : je n'ai plus jamais passé de Nouvel An avec eux. J'ai rompu avec le devoir familial.

Désaccordés

L'été dernier, à Zeno, ça s'est mal terminé.
Répétitions tous les matins et après-midi, fabrication des costumes et des décors, chorégraphies, en plus du quotidien plus ou moins lourd: le montage de la pièce la dernière semaine du camp, c'est toujours tendu. Aux *safety meetings*, on ne parlait que de ça: la fatigue, la pression. Quel intérêt de contraindre le groupe entier à y participer? C'est vrai, pourquoi forcer tout le monde? Will n'en démordait pas:
«Le projet commun, c'est la pièce. Si vous voulez seulement vous amuser, allez dans un autre camp! Ce qui nous lie, c'est l'amitié *et* la création. Inviter un public à voir une comédie musicale ambitieuse créée et interprétée par des personnes porteuses de toutes sortes de handicaps qu'on n'imaginerait jamais sous les projecteurs, et qui en plus ne parle pas de handicap, c'est porter une vision qui va au-delà de la

simple inclusion. C'est ça, Zeno. Et ça me désole que vous ne le compreniez toujours pas.»

Moi, j'étais lessivée mais d'accord avec lui. Sans ambition, sans créativité, pas de pont entre les mondes.

Les jours de représentation, la bulle explose. Familles et spectateurs marchent sur nos sentiers, notre pelouse, visitent nos cabanes, utilisent nos machines à café, boivent dans nos mugs: c'est irréel, l'émotion est décuplée. On voudrait leur dire: «Laissez-nous tranquilles! Retournez là d'où vous venez! Vous n'avez rien à faire ici! Nous n'avons pas fini de vivre ensemble!» Mais on sourit.

Tout Zeno était rassemblé dans les coulisses de la grange pendant que je cherchais Anton. La foule l'avait fait fuir, j'avais mal bloqué la sortie. Alors que le spectacle commençait, que deux cent cinquante spectateurs avaient pris place et qu'une cinquantaine d'autres se tenaient debout jusqu'à l'extérieur de la grange, je l'ai trouvé sur son lit, tête entre les mains, comme d'habitude.

«Laisse-moi.

– C'est le bruit?

– Oui.

– Si je te donne un casque, tu viens?

– Non.

– Mets ton casque, mets ton casque, mets ton casque.

– *Brush your teeth, brush your teeth, take shower, take showerrr.*»

En chanson, il a accepté de me suivre, mais très lentement, avec des pauses chaque fois que le public applaudissait devant la première partie, un sketch des directeurs.

En coulisses, il a tout inspecté : les gens, la scène, la foule en entrouvrant une porte vitrée qu'on avait pourtant barricadée d'adhésif et de tissu. Quand on a enfin réussi à le coincer pour qu'il se mette en costume, il s'est enfui au sous-sol, dans l'atelier, où s'affairaient les petites mains sur les accessoires. Il dérangeait, je le voyais bien : des câlins, chanter «*Brush your teeth*», danser, jouer à la guerre. C'était bientôt à son tour de monter sur scène alors je l'ai attrapé par le bras, autoritaire :

«Viens tout de suite, je rigole pas.»

Son rôle : chanter avec quelques pas de danse dans un chœur – cinq minutes à tout casser. Lui qui passe son temps à le faire par ailleurs, ça aurait dû lui plaire ! Face à son cinéma de fausses larmes, j'ai commencé à perdre mon sang-froid. Mais quand, dans son talkie-walkie imaginaire, il a blagué : «Elle m'embête, ma sœur», j'ai explosé. Je ne sais plus exactement ce que j'ai dit, mais ça commençait par «Ferme ta gueule» et finissait par «Tu fais comme tout le monde. Si tu crois que je vais te traiter comme un teubé…».

Trevor et Spencer, les deux seuls autres frères, m'ont prise à part pour que je me calme. Je fulminais: «Il y a des gens qui rêveraient d'être à sa place et même ici il arrive à sortir du lot! Je l'ai traité comme je traiterais n'importe quel frère. Les frères et sœurs se fâchent. C'est normal.»

Best Summer Ever

Au Canada, j'ai une tradition: les sandwichs aux œufs. On les trouve dans le rayon «Préparé sur place» de tous les supermarchés du pays, et jusque dans la plus petite épicerie. Pain de mie carré industriel bien blanc, œufs durs écrasés avec de la mayonnaise, des oignons verts si on a de la chance, coupé en deux. Anton approuve. On siffle une boîte de neuf triangles en traversant le Québec, plutôt plat jusqu'à sa frontière avec les États-Unis, en dressant la liste des amis qu'on va retrouver dans quelques heures, à Zeno. Il se souvient de tout le monde.
La douanière américaine essaie de lui faire dire une phrase en français, mais Anton regarde ailleurs en se cachant les oreilles. Trop de pression. Elle dit en anglais:
– J'ai un neveu qui te ressemble! C'est un très gentil garçon, comme toi.
Il a pas cinq ans, parle-lui comme à un adulte.

Anton esquisse un sourire.
De retour dans le car il me demande d'une voix haut perchée, reflet d'une béatitude :
– Est-ce que je suis gentil ?
– Oui, tu es très gentil.
– Je suis beau ?
– Oui, tu es très beau.
– Tu m'aimes ?
– Oui, je t'aime. Et toi, tu m'aimes ?
– Oui. On va voir qui à Zeno ?
– Tu veux refaire la liste ?
– Oui.
Parmi le groupe qui nous récupère à Burlington, il y a Edith. Je l'ai déjà croisée, mais nous n'avons jamais traîné ensemble. Depuis le siège passager avant, elle me demande de sa voix étouffée si je suis bien Léa et si je suis prête à passer deux semaines d'enfer parce qu'elle a bien l'intention de vider ses batteries : elle dormira en août ! Nous sommes en binôme. Je la rassure, je ne suis pas du genre à rester tranquille.

Le déjeuner est servi. Anton et moi déclinons la proposition : on a encore les sandwichs aux œufs sur l'estomac. Edith non plus n'a pas faim, elle voudrait s'installer et surtout bercer ses bébés.
– Quels bébés ?
– Mes filles !

En route vers la yourte! Je roule son fauteuil jusqu'au lit qu'elle pointe du doigt, côté salle de bains. Deux poupées, Sissy et Millie, sont étendues là, sur la couverture. C'est l'heure du câlin avant la sieste, elle voudrait que je les dépose contre elle, une dans chaque bras. En fredonnant une mélodie, elle se penche au-dessus d'elles pour murmurer: «Maman est là mes amours, mes tendres amours, maman est là, cchhhhcchhhh.» *C'est une scène de film.* Pour l'épier discrètement, je fais mine de me concentrer sur l'organisation de ses affaires. Dans sa valise, tous ses vêtements sont de couleur pastel. Même les chaussures.
– C'est joli! lui dis-je en les disposant dans des caisses à pommes que je glisse ensuite sous le lit.
– Oh merci!
Dans un gros sac de voyage se trouve tout son matériel de toilette: une brosse à dents, un peigne, des élastiques, une crème hydratante, un gel corps et cheveux, des couches, des lingettes, des alèses jetables...
– Il faut les mettre sous mon drap-housse chaque nuit! chuchote-t-elle.
Dans le cas où elle rencontrerait des difficultés à respirer, sa machine à oxygène doit être à portée de main; elle est dans la besace rouge, il faut y faire attention, ça coûte cher.
Sissy et Millie sont endormies et les affaires d'Edith

en place, je m'occuperai des miennes plus tard. Allons saluer tout le monde.
La grange est tapissée de costumes: grand rangement post-tournage! Il y a des centaines, peut-être des milliers de pièces éparpillées si l'on compte les accessoires. Les enfants des directeurs plongent dans les tas, nagent le crawl, la brasse, avec des hurlements aigus et repoussants, mais hors de question pour Edith de repartir sans ornement.
Si j'avais su, j'aurais fait en sorte qu'on vienne les deux premières semaines. Zeno réalise un long métrage cette année, une comédie musicale qui s'appelle *Best Summer Ever*. La plupart des acteurs sont du camp mais d'autres n'ont rien à voir avec la communauté. C'est une vraie production, avec des grosses caméras et une grosse équipe de professionnels venus directement de New York et Los Angeles.
– On se calme! ordonne Will, caché derrière l'immense boule de vêtements qu'il peine à transporter. 3... 2... 1...
Il la lâche au sol et on le découvre déguisé en Peter Pan, qui plonge à son tour dans la masse d'habits. Les enfants reprennent leurs jeux de rôle de plus belle – quoi de plus excitant qu'un adulte qui se prête au théâtre de la vie?

La nuit est longue. Jusqu'au petit matin, Savannah chante, chante! Impossible de la faire taire. Je passe ma tête par-dessus la rambarde de mon lit. Edith regarde par la fenêtre, une fille sous chaque bras. Sa tresse a passé la nuit, elle aura de jolies ondulations, comme elle le voulait.

– Quelle nuit, dit-elle.

– Ouais.

– Ma tresse ?

– Pas bougé !

– Becky ?

– Elle dort.

Elle veut ses bijoux. Becky est une femme de notre cabane, la doyenne du camp à mon avis. Sa chevelure courte, bouclée, parfaitement blanche, est égayée par les gros diamants qu'elle porte aux oreilles ; *idem* sur ses doigts, ses poignets et son cou, parés d'or, d'argent et d'autres cailloux scintillants, tous les jours, que du toc. Ça détonne avec ses grands tee-shirts rentrés dans ses longues jupes qu'elle ceinture à la taille, même si je vois que ses tenues sont méthodiquement sélectionnées selon un code couleur. Becky a du goût, c'est une artiste. Elle fait de la broderie sur coussins qu'il lui arrive de recouvrir d'écritures, fabrique aussi des personnages en tissu, peint... Elle est représentée par une galerie.

À la soirée relais d'hier, on a gagné une sortie avec toute notre cabane : petit déjeuner en ville ! Super. Les menus ici, je les connais, c'est pancakes, pancakes, pancakes, œufs Bénédicte, omelettes ultra-garnies, *sunny side up*, *everything bagel*, *muffins*, *bread*,

butter, PB&J et plein d'autres menaces, des pommes de terre partout, des sauces, des coulis, des smoothies, du bacon, du fromage fondu. Que de la délicieuse nourriture interdite. Je vais dire que je suis malade. Il faut que j'évite de manger le temps que ma tension redescende. *Qu'est-ce qui m'a pris de manger un* grilled cheese *et des sandwichs aux œufs, deux jours d'affilée? Je savais très bien ce que ça me ferait.*
Je prends un air blême pour annoncer la nouvelle à Edith:
– J'ai la nausée, vraiment ça va pas.
– Pense aux pancakes! Miam les délicieux pancakes moelleux qui n'attendent que toi!
Que la boulimie m'empêche d'aller çà et là, je l'ai toujours refusé. J'ai lu que, par dégoût de leur apparence et pour ne plus être confrontées à la pression extérieure, certaines personnes s'isolent tellement qu'elles en perdent toute vie sociale. Je n'ai pas envie d'essayer.
7h42: j'ai le temps de laver mes pensées sous la douche. Vite, le jet sur ma figure. *Respire. 1, 2, 3, retiens, souffle. 1, 2, 3, retiens, souffle.*

Face au menu de chez Snap's, j'ai le cœur qui bat jusque dans les oreilles et l'estomac noué. Le service est rapide, notre table est vite recouverte de *breakfasts* gras et délicieux. Une pile de pancakes aux bleuets avec une tranche de beurre qui fond et du sirop d'érable pour Becky, une sorte de pudding au chocolat pour Edith – à force de grincer des dents elle les a toutes limées, alors maintenant elle mange mou. Pour les autres c'est Bénédicte sauce hollandaise et saumon, œufs saucisse, œufs bacon, œufs à la coque, haricots rouges, mini-verrines de fruits, un tas de mini-portions de confiture, comme à l'hôtel. Devant moi, pas de *cheese*, pas de *everything bagel*, pas de *fried potatoes*, rien qu'une omelette aux épinards et champignons et une eau citronnée. C'est bon, mais pas de quoi me réjouir comme elles de mon assiette. Pour retrouver le calme, il faut recommencer à manger sain, ne surtout pas sauter de repas.

– C'est beaaaau nos baaagues vooous trouvvvez pppas ? chevrote Becky.

– J'adore, j'aaadore les bijoux, acquiesce Edith en comparant nos mains étincelantes.

– Oui, j'adore moi aussi, je dis.

– C'est du vrai ? demande Edith.

– Oh non t'es ffffolle pas du vraaai, elle est fooolle eeelle, chevrote encore Becky. Puuutaiiiin.

Ses dérapages de langue font partie du personnage. Hier elle m'a traitée de salope en tendant ses bras pour un câlin, je ne pense pas que ça m'était adressé, ça avait plutôt l'air d'une dispute interne. Dans ce décor de *diner vintage*, cet excès de joaillerie et de zèle me fait penser aux grand-mères jacasseuses qui s'habillent élégamment en toutes circonstances, comme on le faisait à l'époque de leur jeunesse, même si nos tenues sont très éloignées des robes de tailleurs que j'ai en tête. Arrive une tranche de *double chocolate Black Forest cake* avec chantilly et cerises confites, accompagnée du *caramel banana bread* d'Edith, d'un sundae fruits rouges pour Lilly, de pancakes pour celles qui ont pris des Bénédicte… Cette deuxième vague me déclenche des sortes de picotements entre les omoplates. Je me vois nager, faire plein de sport, un triathlon, boueuse, avec des muscles bien dessinés.

À chaque cuiller que je donne à Edith, je me demande ce que ça ferait si elle atterrissait dans ma bouche. J'ai réussi à m'en sortir d'autres fois, pourquoi pas cette fois-ci ? Je renifle le gâteau.

– Prends ! Qu'est-ce que tu fous ?

– Non merci, j'ai pas très faim.

– T'es bizarre, tu sais.

Ouais.

La dernière crise me paraît si lointaine, des années, comme si j'étais une nouvelle femme, alors que je ne suis qu'au onzième jour d'abstinence. Je n'avais pas connu une telle trêve depuis… Oh, je ne sais plus. Je me convaincs que c'est grâce à Zeno. Pendant l'année je craque toujours, alors qu'ici c'est plutôt maîtrisé. L'amie avec qui j'ai pris l'habitude d'en parler à Montréal va mieux depuis presque un an. L'anniversaire tombe bientôt, *ne pas oublier de le lui souhaiter*. C'est arrivé du jour au lendemain: elle s'est réveillée et c'était terminé. On a commencé à peu près au même âge, début du collège. J'attends mon tour, le moment où je ne répondrai plus à mes tensions par une déconnexion de la réalité. Peut-être qu'il en naîtra quelque chose de beau.

– Puisqu'on est entre femmes, dit Edith, j'aimerais aborder un sujet indiscret.

– Quoi ? demandent les filles autour de la table.

– La masturbation ! dit Edith en éclatant de rire. Eh faites pas cette tête, quoi ! Savannah s'est bien touchée toute la nuit !

– C'était ça ! Oh mon Dieu, oh mon Dieu, glousse-t-on toutes.

Savannah agite ses mains mais on ne sait pas si elle réagit à ce qu'Edith vient de dire, à nos cris, ou à autre chose.

– Mais comment tu sais que c'était ça ? demande Lilly.

– Chaque année c'est pareil ! Mais attends, je trouve ça bien ! Je trouve ça bien *et* je trouve ça drôle. Tu t'es jamais masturbée toi ?

– Mais Edith, ça va pas de me demander ça au restau devant tout le monde ! Je t'adore oh là là...

Puisqu'on parle de ça, Lilly veut nous partager quelque chose d'important: ses vingt-cinq ans, la grande fête dans le jardin de sa maison d'enfance du Wisconsin, les lanternes accrochées à la véranda,

le *beer pong*, sa chienne Nana qui vole les balles perdues. Elle reprend le récit là où elle l'avait laissé dans la cabane l'été d'avant.
C'était la plus belle soirée de sa vie, elle a été pourrie gâtée, et, meilleur cadeau de tous: elle avait demandé que son copain emménage chez elle... et leurs parents ont dit oui! Ils ont lu une lettre tous les quatre pour annoncer la nouvelle, devant tout le monde en plus! Sa mère avait tenu sa promesse, elle avait bien préparé le terrain avec les familles. Avoir leur bénédiction, ça compte. Son copain est même venu à la fête avec sa première valise pour que ce soit officiel! Il était dans le coup! Ça fait un peu plus de cinq mois maintenant, ils sont heureux, même s'il laisse traîner ses affaires: monsieur avait pris l'habitude que sa mère ramasse derrière lui! Enfin elle l'excuse parce qu'il cuisine di-vi-ne-ment bien. Ils ont un tiroir plein d'épices qu'elle n'avait jamais vues de sa vie et quand il les mélange toutes dans ses plats, c'est une vraie explosion dans la bouche. Comme il est indien, ils mangent souvent indien. Son plat préféré, c'est le *butter chicken*. Ça change des pâtes, même si elle n'est pas peu fière de ses spaghettis au parmesan avec un filet de citron...
– Et alors, tu l'as fait?! l'interrompt Edith.
– Oh y a que ça qui t'intéresse! réplique-t-elle.
– Alors!
– Oui je l'ai fait!

Nous poussons toutes un cri et, quand elle commence à raconter, ça devient trouble. Je m'excuse pour aller aux toilettes et quand je reviens tout le monde est prêt à partir. Je ne sais pas combien de temps j'ai laissé couler le filet d'eau sur mon front, combien de temps je me suis parlé dans le miroir, combien de cycles de respiration j'ai faits.

Refaire famille

Zeno a des partenariats avec d'autres organisations comme Access Sport America, dirigée par Ross. Alors que nous débarquons sur l'herbe aux abords du lac Dunmore, il agite les bras. Autour de lui, toutes sortes d'équipements d'eau: planches à voile, paddles, kayaks, des fauteuils flottants pour les personnes à mobilité réduite, une pile de gilets de sauvetage.

Tout un groupe fonce pour l'embrasser.

– Oui, oui, moi aussi je suis content de vous voir, trop content ! Je vous rappelle quand même –votre attention s'il vous plaît– que personne n'a le droit d'entrer seul dans l'eau, toujours être en binôme et signaler au maître nageur qu'on y va. C'est compris ? ... C'est compris ? J'ai pas bien entendu... Bon ! Maintenant que j'ai rappelé les règles, où est mon Josh ?!

Le grand Josh musclé sur le torse duquel on avait dessiné au rouge à lèvres mon premier été s'exclame de joie. Aucun doute sur la filiation: même visage ovale, même chevelure blonde lisse, même sourire immense, même voix qui porte…

– *Hey bud*, comment va mon fils? Il vous ménage ou c'est la grosse fiesta?

Je ne comprends pas ce que répond Josh, tout est dans la gorge et à un volume que j'ai toujours du mal à supporter.

– T'as un petit accent toi, tu viens d'où? me dit Ross.

– France!

– France! On vient de France pour traîner avec nous! *God bless!* Bon, allez allez, on va mettre tout ce monde dans l'eau et viens papoter après si tu veux.

Là où on a pied, Edith me demande de la faire tournoyer en répétant combien elle aime flotter, juste flotter, ça soulage ses spasmes, détend ses muscles, elle ne veut pas entendre parler des équipements adaptés.

– Si t'as l'intention de me tuer un jour, mets-moi là-dessus, tiens. Crise cardiaque!

Ils sont quatre à installer Jumbo sur un fauteuil fixé au paddle que Ross et Peter stabilisent dans l'eau. Tous poussent des rugissements de bêtes pour simuler un effort impossible qui intensifie l'iconique rire silencieux de Jumbo, bouche ouverte, yeux au ciel, pas un son. Les autres leur crient qu'ils n'y arriveront

jamais, qu'ils finiront trempés, applaudissent, sifflent, et quand ils y parviennent enfin, Anton lance un très approprié : «*Yes you can! Yes you can! Yes you can!*», refrain que tout le monde reprend. Fier, il fait un solo de batterie sur ses genoux. Là aussi, tout le monde suit, surtout les filles. Anton a toujours des filles autour de lui. En me voyant, il agite sa main :
– Coucou !!!
– Coucou ! Tu viens dans l'eau ?
Il tourne la tête en direction de Jumbo et son équipage qui filent vers le milieu du lac : Spencer pagaie debout derrière lui tandis que Trevor et Lexie nagent de chaque côté de la planche, au cas où ils chavireraient. Ils semblent s'enfoncer parmi un million de petits diamants incrustés sur les flots. Sur le ponton, un amas de corps de toutes les formes et couleurs (les peaux, les attelles, les corsets) trempent leurs pieds, plongent, ou lézardent en dessinant des figures du bout des doigts. Derrière, sur la pelouse, on fait de l'acro-yoga, on mange ; à l'écart du groupe, Jacob déclame un texte en faisant de grands gestes.
– Ross ! appelle Caleb. J'aimerais faire la bombe dans l'eau !
– Moi aussi ! Moi aussi ! Moi aussi ! répètent les autres.
– Concours de bombes ! crie Ila.
Trois juges sont nommés : Marina, Jacob et Edith.

Ils donneront une note d'ensemble pour la course, la posture du corps et la taille des vagues.
Caleb, petits pas rapides sur place pour commencer, puis moyennes, puis grandes enjambées, décolle (un peu trop tôt), attrape ses genoux et crée un trou béant dans l'eau. Applaudissements. Score : 7/10. Et ça enchaîne.
Un public se forme, composé de beaucoup d'inconnus qui étaient du côté de la plage de sable. J'entends certains poser des questions sur ce qu'on fait là et féliciter cette initiative « ex-cep-tion-nelle » en contemplant tout le matériel adapté étalé sur la pelouse. Enfants et adultes s'incrustent même dans notre compétition. Parfois c'est si simple de se mélanger.
Ce qu'on fait ici, c'est enfantin ? S'amuser tout le temps, c'est enfantin ? Je crois pas. Mais en même temps, si. Notre seul souci est de passer une bonne journée. Enfin, non, c'est plus que ça. Enfin, je sais pas.

Aux toilettes, dans la cabine réservée aux personnes handicapées, on entend des enfants faire pipi l'un après l'autre ; une femme discute avec eux. Ils prennent leur temps. Maintenant, on dirait qu'ils se changent. Je prends mon courage à deux mains :
– Excusez-moi... Il y a la queue aux toilettes handicapées !

– J'ai des petits avec moi !
Quand ils se décident enfin à sortir, Edith tend la main aux quatre enfants pour dire bonjour, mais la femme les pousse à avancer, vite, vite, dans un mélange de malaise et d'aversion pour la vieille en fauteuil. Pas un mot pour nous. Je trouve ça grossier, mais j'ai l'habitude. À l'intérieur, une seule barre d'appui, carrelage au sol, je fais glisser mon pied pour vérifier l'adhérence : ça va.
– En général, les enfants posent des questions, dit Edith. J'adore ces moments. C'est là que je peux leur apprendre plein de choses.
– Ça t'a blessée ?
Évidemment que ça l'a blessée, qu'est-ce que je crois ?!
J'exécute notre chorégraphie pour la suite. Une fois sur deux, elle pousse des cris quand je la porte, alors ça me rassure de l'entendre rire. Le problème quand elle rit, c'est que son corps se relâche encore plus. Nous ressortons après une série de manœuvres maladroites, prêtes à assouvir notre pulsion de glace avant d'aller dans l'eau. En voyant passer mon reflet dans le miroir, je me demande de quoi j'ai l'air vraiment.
– T'as quel âge, Edith ?
– J'ai cinquante-huit ans, ma jolie, et toi ?
– Cinquante-huit ! J'aurais jamais dit ça. Moi j'en ai vingt-trois.
– Je pourrais être ta mère !

Si, j'aurais pu le dire. Son visage est ridé, mais il n'y a pas la moindre trace de blanc dans sa chevelure noire.

– Tu as un amoureux ? me demande-t-elle.

– Non, plus depuis quelques mois.

– Pourquoi ?

– Pour plein de raisons. Ça marchait pas. Et toi ?

– J'en ai un à la maison et un ici. Steve. Mais l'année dernière il m'a quittée après quinze ans, alors on va voir quand il arrivera cette année si on est toujours ex.

– Beaucoup de couples se forment ici ?

– Oui, oh oui ! Mais tenir toute l'année sans se voir c'est compliqué. On vit tous aux quatre coins du pays alors... Et c'est quoi ton travail ? Tu fais des études ou tu travailles ?

– Les deux, mais tu sais les études c'est pas mon truc, et toi ?

– Tu as tort. Si seulement j'avais pu étudier. Moi je suis dans un foyer, chérie. Jeux de société, télé, karaoké, bien-être, il y a des sorties parfois. J'aime bien le parc. Franchement, je vais te dire, ça fait longtemps qu'on considère que je suis périmée. Quand je leur raconte ce que je fais ici, ils me croient pas. J'ai beaucoup plus d'énergie ! Et pourquoi à ton avis ? Hein ?... Parce que ça vaut le coup de se motiver !

Elle a une paralysie cérébrale, une pathologie provoquée le plus souvent par un manque d'oxygène ou un trauma crânien à la naissance. J'en connais qui ont le même diagnostic qu'elle, mais chacun a des capacités différentes. En ce qui concerne Edith, son handicap essentiellement physique a été exacerbé par un handicap social. Quand elle parle, certains pensent qu'elle ne produit que des sons étranges. Si on prend le temps, on se rend compte non seulement qu'elle raconte plein de choses, mais aussi qu'elle avait les capacités intellectuelles pour étudier et travailler. Parce que sa pathologie est envahissante et ses capacités physiques limitées, le raccourci a été vite fait: son intelligence devait être défaillante. Elle n'a eu accès ni à l'éducation ni à la sociabilisation nécessaires pour s'émanciper. J'ai envie de crier à l'injustice, mais je ne sais pas auprès de qui le faire.

C'est pareil pour Anton et tous les gens décalés: plus il sera isolé, moins il saura s'adapter en société, plus on le lui reprochera, plus il sera isolé, et c'est sans fin.

Cette pensée ne me quitte pas: *le handicap peut être exacerbé ou atténué par les conditions de vie*. J'avais toujours observé ce phénomène, sans jamais réussir à le formuler simplement.

Pendant que Edith sieste à l'ombre, je discute avec Ross. Il a remarqué qu'Anton n'aimait pas l'eau. C'est vrai. Personne n'a pu passer à côté de la crise d'hier: je l'ai forcé à monter sur un paddle avec moi, «pour essayer, peut-être que tu vas aimer». Au bout de trois minutes: des hurlements, des larmes. Il n'a jamais appris à bien nager et, même avec un gilet de sauvetage, il a peur.

Ross a créé Access Sport quand le diagnostic de Josh est tombé: paralysie cérébrale. Son credo c'est: «L'émancipation par le sport, pour tous». Quel que soit l'objectif, le renforcement musculaire paie:

– Le sport nous rend plus déterminés, plus puissants, plus nous-mêmes. Le sport a le pouvoir de changer le monde en poussant les gens à se dépasser et en les rapprochant. Et le sport change le récit: les personnes handicapées deviennent capables.

Créer des programmes sportifs adaptés à tous les corps et esprits, c'est sa contribution au monde. Il travaille à l'année dans des établissements spécialisés et organise des camps. Avant, il était pasteur. Ça se dit aussi «*minister*» en anglais, et pendant de longues minutes j'ai pensé qu'il était ministre au gouvernement. On a bien ri.

Josh vit avec sa femme et lui; leur fille a quitté la maison dès qu'elle a pu, comme moi.

– Ça prend de la place, dit-il, surtout quand on s'aime. Ça se voit que vous vous aimez avec ton frère.

– C'est vrai?

– Oui c'est vrai. Tes parents ont dû faire comme nous, refuser de choisir entre leurs enfants.

– Comment ça ?
– Quand Josh était petit, on nous répétait qu'il valait mieux se concentrer sur celle qui va bien, en d'autres termes le laisser être un légume, comme si une famille pouvait simplement se délester d'un enfant, comme ça, parce qu'il est plus complexe. On n'avait même pas encore essayé de faire famille – et c'est vrai, c'était difficile de faire famille.
– C'est aussi notre histoire.
– C'est notre histoire à tous ici. Nos familles ont été maltraitées et c'est pour ça qu'on se retrouve année après année. Pour refaire famille. Tu sais, j'ai réalisé ici pour la première fois que Josh pouvait être aimé, vraiment aimé, par d'autres que nous.

Le soir, je passe dans la cabane d'Anton, pour voir si ça va. En me voyant, il prend un air terrifié et se cache dans les toilettes. On me dit que depuis trois jours il refuse de prendre sa douche. Il ne veut laver que ses cheveux. Je dis que c'est la *fomo*, *fear of missing out*, il ne veut pas rater une miette de ce qui se passe dans le camp alors il erre partout, tout le temps, mais c'est pas une raison. Une douche peut prendre une minute.
– Faut lui parler tranquillement, je dis, comme à un adulte : si tout le monde prend sa douche, il prend sa douche aussi, surtout quand ça fait trois jours. Il comprend très bien.

Je toque à la porte des toilettes et regrette instantanément ce que je suis en train de faire. Je le confronte devant ses amis, sans lever le ton mais sans lui donner la possibilité de me résister. *Moi aussi au collège j'ai eu ma période tête en bas dans la baignoire, flemme de me laver en entier. Mais on n'a plus quatorze ans.*

Appels à l'aide

– Anton pleure beaucoup depuis notre arrivée, dis-je à mes parents au téléphone. C'est normal ? Je connais bien ses larmes, mais là c'est quasiment tous les jours, de très gros sanglots. Je me sens impuissante. Il me laisse pas l'approcher et je sens que les autres sont désarmés – même Ila, alors qu'elle a toujours une solution à tout.
– Peut-être que c'est trop pour lui, hasarde ma mère. Ou qu'il a besoin de plus d'attention. Peut-être que les activités ne lui conviennent pas.
– Quoi qu'on propose, il veut faire autre chose. Au lac, il refuse de se baigner. Si à la place on évoque l'idée d'un foot, il veut faire du basket. Quand on fait du basket, il veut chanter. Tout à l'heure, on va en ville, je parie qu'il voudra faire un foot. Il est en opposition permanente. Et il se braque.
Ma mère suggère qu'on le laisse décider au moins une fois.

– On l'a fait, il est pas brimé : il est pas consensuel, à aucun moment.
Ils sont très étonnés, il ne fait pas ça avec eux.
– Peut-être qu'il aimerait peindre… ? suggère mon père. Ils savent qu'Anton peint ?

Jacob m'invite à déjeuner à sa table.
– Ton frère va bien ?
– Je sais pas, il est très ému en ce moment.
– Tu sais, je m'inquiète pour lui. En tant que personne autiste, je le comprends. Moi aussi j'ai beaucoup de mal avec la vie parfois : la violence, le toucher, le bruit, les gens, une organisation qui n'est pas la mienne… Parfois, je suis très confus à propos de ce que je ressens et ça me rend triste, comme lui. Est-ce qu'il voudrait mes conseils pour réussir à s'isoler et à se détendre ? Les amis, c'est bien. Mais parfois, ce dont on a vraiment besoin, c'est d'être seul.

Au *safety meeting*, je prends la parole longuement pour parler d'Anton. C'est maladroit, mais j'essaie d'apporter une explication à ses larmes, puisque tout le monde m'en parle.
– Je mûris notre relation. J'essaie de le comprendre. On n'a jamais passé autant de temps ensemble. Sa vie sociale à Paris est très éloignée de ce qu'il vit ici. Voir autant de monde à la fois sur un temps long, ça n'arrive pas ; c'est jamais aussi intense, dans cette

langue, avec des gens qu'il voit rarement. Tout est cadré dans son quotidien alors qu'à Zeno le rythme varie tous les jours, on s'adapte en permanence... Je pense qu'il est désorienté, qu'il a du mal à trouver sa place, qu'il voudrait être partout sans savoir toujours comment participer. Anton est conscient de son handicap. Il a des moments de lucidité qui le frustrent sauf qu'il peut pas en parler. Imaginez ne jamais pouvoir mettre des mots sur ce que vous ressentez... Imaginez ne jamais avoir une réponse à la hauteur de ce que les autres attendent... Son trouble du langage l'enferme. Sa réalité, c'est que les mots ne lui viennent ni naturellement, ni facilement, et le sens des choses non plus, même s'il capte bien plus que ce qu'on croit. À Paris, il dit souvent: «C'est dur pour moi.» Il sait que les autres sont plus libres que lui. Il sait que beaucoup de choses lui échappent. C'est douloureux pour tout le monde de faire face à ses limites. Peut être qu'il se compare aussi à moi. Je sais que je suis sévère avec lui, je travaille dessus, parfois j'ai l'impression que c'est mon rôle de lui rappeler les règles, sinon il déborde et il perd sa place parmi les autres. C'est arrivé trop de fois. Pour notre famille, ce qui se passe ici est inouï. Je vois combien il a besoin d'amis. Il cherche ces bras-là pour être consolé, pas les miens. Et je me dis parfois que vous savez mieux faire que moi. J'y mets trop d'affect et je tape à côté.

À leur demande sur ce qu'ils peuvent faire, je réponds d'arrêter avec les chants et de le considérer comme l'adulte qu'il est. Il est capable de tout comprendre, il faut lui donner cette chance-là, cette confiance-là. Moi, je cherche encore ma place de sœur. Et j'ai besoin d'eux. Si je suis la seule à créer un cadre, ça nous mettra systématiquement dans une posture de confrontation parce qu'il cherchera un réconfort ou un passage ailleurs. C'est le principe du *good cop, bad cop*. En plus, sans consistance, il n'y a pas de vrais repères, et il en a besoin.

À la sortie de la grange, je sens une main sur mon épaule. C'est Spencer. Sa sœur, Emily, vient à Zeno depuis des années.

– C'est bien que t'aies pris la parole, dit-il. C'est vrai, la plupart peuvent pas comprendre l'enjeu de la communauté pour nous, ils voient pas le boulot qu'il y a derrière des choses en apparence simples, ni combien tout est fragile.

– Fragile, c'est le mot. Là, j'ai peur qu'ils veuillent plus d'Anton, tu vois. Ou que ce soit pas un lieu adapté pour lui. Il pleure tout le temps et en même temps il dit toute l'année qu'il a hâte de venir.

– Je te comprends. Pour Emily c'était dur. Les écoles, les stages, les projets professionnels, certaines amitiés... tellement de choses s'arrêtent. Et pour trouver la suite, il faut tout reconstruire chaque fois, c'est un

effort de toute la famille en permanence. Sauf Zeno. Zeno c'est consistant.
Je ne sais pas quoi répondre. Il écarte les bras et je n'hésite pas: on se serre fort et on pleure.
Sa sœur veut être actrice. Elle a joué dans plusieurs séries, des téléfilms, des clips. Il y a une dizaine d'années, elle accédait à des castings de plus en plus sérieux. Un jour, alors qu'elle figurait parmi deux finalistes trisomiques pour un rôle important, c'est l'autre fille qui a été choisie; le film en question a fait exploser sa carrière. Elles avaient le même agent qui, après ça, n'a plus emmené que l'autre sur les grosses auditions. La représentation est tellement faible à l'écran et les opportunités si minces qu'il était plus sûr de se concentrer sur la plus prometteuse. *Business is business.*
Je lui raconte qu'à seize ans Anton s'est inscrit seul dans un cours d'arts plastiques de son centre. La première année, il ne touchait pas un pinceau, il se postait à la fenêtre pour regarder la cour. Le voyant réinscrit l'année suivante, Nicole, sa professeure, lui a demandé ce qu'il aimait: la cuisine et la musique. Alors elle lui a appris à mélanger les couleurs et à peindre en rythme. Ça l'a lancé. En montrant le travail d'Anton à mes parents à la fin de l'année, elle leur a dit: «Il a un regard d'artiste.»
À l'époque, je voyais ses peintures comme des brouillons. J'étais incapable de percevoir le potentiel de

mon frère. Mes parents, eux, le percevaient, et avec ça entrevoyaient un avenir possible. Pour qu'il progresse, ils lui ont créé des conditions. D'abord, davantage de cours, puis cinq ans plus tard, pour asseoir cette identité en devenir, il a eu un espace de travail. Ça fait plusieurs années maintenant, mais j'ai toujours du mal à croire en ce destin.

Spencer étudie pour devenir conseiller spécialisé en addictions. Pour l'instant, il cumule des cours et des stages dans des centres sociaux et de désintoxication. Quand il exercera, son rôle sera d'aider ses patients à structurer leur vie par étapes atteignables. C'est du sur-mesure, on peut dire ça comme ça. Il dit que, pour s'investir réellement dans le processus de soin, il faut une relation de confiance entre le patient et le conseiller. Ça permet un cadre sain.
– Sans volonté profonde, c'est mort ! dit-il. On rechute. Avoir envie de s'en sortir ne suffit pas.
Il est *clean* depuis six ans, grâce à son conseiller. Ils se voient encore une fois par mois, parfois plus. Il va aussi aux AA une fois par mois. Ce n'est pas la première fois que j'entends ici cette expression. Je ne comprenais pas mais, comme j'essaie toujours de me fondre parmi les gens, je n'ai pas demandé ce que ça voulait dire. Il se marre. AA = Alcooliques Anonymes.

– C'est dans ces moments-là que je sens un écart avec la France : on parlerait jamais de ça si ouvertement. Chez moi je crois qu'on a vraiment cette image d'une réunion d'ivrognes honteux.
– Je pensais pareil, et en fait c'est hyper courageux d'y aller. On fait face aux démons que tout le monde fuit. Moi j'avais dix-sept ans quand j'ai tout arrêté. En soi c'est super tôt, mais je sais que je suis fragile.
– Tu t'es fait peur ?
– Franchement, oui. J'ai tout revu : mon entourage, mes habitudes, mes réponses à la colère, aux frustrations, à la tristesse. Je vais pas tout te raconter mais aujourd'hui, même si tout est encore friable, je me fais moins peur et j'apprends à vivre avec moi-même.
– Tu crois qu'il y a un lien avec le handicap ?
– Peut-être – ça c'était le gouffre sans fin de la thérapie. Mais il y a aussi qui je suis. J'ai un tempérament spontané et addictif. Tout le monde ne plonge pas là-dedans, moi oui. Après, c'est sûr qu'il y avait des tensions à la maison et que mes parents étaient occupés à autre chose. Mais tu sais tout le monde fait pas comme nous.
– Comment ça « comme nous » ?
– Vu ton intérêt pour cette discussion, j'imagine que tu te sens concernée. Crois-moi, le vrai bonheur est ailleurs. Tu te soulages pour de faux.
– Je sais.

– Si tu sais, bouge-toi. Au fond, personne ne peut rien pour toi.

On rit de s'être si vite confiés et de ces phrases bateau pourtant si vraies. Je me demande quelles drogues il prenait. Un peu gênés, on va retrouver les autres qui prennent l'apéro dans la cuisine.

Il refuse une bière.

Je dis oui.

Venice

La Californie est un lieu d'ancrage pour ma famille paternelle depuis des générations. J'ai là-bas des oncles, des tantes et des cousins éloignés. Lorsque mon père y a emménagé, en 1977, à vingt-sept ans, il venait de terminer ses études en psychologie du développement de l'enfant. Venice était alors un district délaissé de la Ville de Los Angeles, au bord du Pacifique, où cohabitaient artistes, ouvriers et gangs. Rien à voir avec la foule huppée d'aujourd'hui. Il voulait devenir sculpteur.

Je ne suis pas croyante, alors je parlerai de coïncidence: c'est précisément cette route qu'il a quittée, la psychologie, qui lui a permis de déceler les premiers signes du trouble neurologique de mon frère quand il avait deux ans. Je suis née à ce moment-là, à l'heure des interrogations et du diagnostic, en 1994.

Venice est pour mon père un lieu d'affirmation et d'émancipation, un vivier de rencontres et

d'inspirations. Il me souhaite de trouver ça. C'était une autre époque, libre, avant la France, ma mère, le mariage, les enfants, la vie de famille, et elle a duré longtemps. Il avait quarante-deux ans à la naissance d'Anton, ma mère trente-six. À cet âge-là, on a déjà une vision du monde bien forgée.
Il a toujours gardé un pied là-bas, pour le travail, pour la famille, il s'absentait souvent, plusieurs semaines d'affilée. Je lui en voulais de partir, d'être libre, de ne pas avoir un travail normal, de revenir en chef de famille alors qu'à mes yeux c'était ma mère. Je ne voyais pas en quoi être père lui octroierait ce privilège: donner des ordres, zapper sur la télécommande sans demander l'avis de personne. Sans savoir exactement pourquoi, je n'ai jamais accepté son autorité.
Lors d'un de ses voyages, il avait rencontré chez Stroh's, un café du quartier, cinq ou six jeunes adultes «comme Anton», sauf qu'eux semblaient à leur place dans le monde. Le propriétaire, un ami, lui avait parlé de ce groupe à plusieurs reprises. Ils faisaient partie du Cheshire Project, un collectif qui faisait des films, fondé par un certain Will. Justement, il était là, en chef d'orchestre.
«Bonjour, je m'appelle Jonathan, j'ai beaucoup entendu parler de vos projets. Mon fils, il a quinze ans, il a des difficultés de développement, on cherche des opportunités pour lui...»

Ils ont papoté cinq minutes et échangé leurs coordonnées – le groupe étant pour les adultes, Anton devait attendre ses dix-huit ans pour pouvoir les rejoindre. En rentrant, mon père s'est inscrit à la newsletter de ce Cheshire Project et huit ans plus tard, en 2013, alors que je vivais à Montréal pour mes études, il m'a envoyé un mail mentionnant ce Will et ses projets géniaux. À la fin, il y avait des liens vers des sites internet, que j'ai ignorés, et le contact de Will. Je n'ai pas répondu. *Qu'il me fiche la paix avec le handicap, j'ai eu ma dose.* Mais la graine était plantée.

Un soir de questionnement sur mon avenir, ça me revient – et, étrangement, l'initiative de mon père n'a plus la saveur du désespoir. Au contraire. Et ce contraire guide mes doigts dans la rédaction de mon plus beau mail, plein de formules léchées et maladroites, le genre qu'on écrit aux adultes pour avoir l'air d'un adulte quand on a dix-neuf ans : je dis à Will que j'ai entendu parler de ses films (sans préciser que je ne les ai pas vus), que j'étudie le cinéma (sans ajouter que je suis en train de lâcher la fac) et que je me porte volontaire pour assister bénévolement son équipe sur son prochain tournage, s'il accepte. Sa réponse : « Viens plutôt à Zeno, notre camp de comédie musicale dans le Vermont ! »
Une colo ? Non merci ! j'ai passé l'âge.

Cet échange me passe au-dessus de la tête et, quelques mois plus tard, je fête mes vingt ans. Je suis en miettes. Ma nouvelle psychologue, la première depuis l'enfance, parle de deuil. Deuil de ma famille, deuil de mon frère. D'après elle, je dois être à l'étape 4: la dépression et la tristesse, qui viennent après la colère et avant la résignation. Elle me pousse à décortiquer les parents, le frère, les manques, la colère, l'envie, «les traumas de l'enfance». J'ai déjà compris toute seule ce qu'elle essaie de me faire voir. C'est de l'argent jeté par les fenêtres. Je répète «Je sais, je sais – le deuil de ce qui aurait pu être», en pensant: *Je n'ai jamais voulu d'une autre vie, je veux juste savoir quoi faire de celle-ci*; en pensant: *Je me sens si usée. Si j'ai un accident, j'aurai assez vécu.*
Comme nos discussions ne changent rien à mon état, je liste mes symptômes – troubles du comportement alimentaire, drogue, autosabotage, pleurs irrépressibles, sentiment de perte de contrôle, fuite, indifférence aux échecs, difficultés de concentration, décrochage scolaire, recherche de sensations, alternance cyclique entre euphorie, tristesse et indifférence – sur un moteur de recherche pour trouver un diagnostic. Je découvre la bipolarité, le trouble *borderline*, je ne coche pas toutes les cases, je cherche encore. *Pourquoi suis-je comme ça? Collez-moi une étiquette, qu'on en finisse: mon frère a un handicap mental, le mien doit être d'une autre nature.*

Je pleure. Je pleure. Je pleure. Chaque jour, sans raison apparente, je pleure. Je me cache dans les cafés, dans les bus, dans les magasins, pour pleurer. Les gens doivent penser que j'ai une peine de cœur, ou bien que j'ai perdu un proche. Appeler mes parents à l'aide ne me ressemble pas. Je finis par le faire et leur réponse est immédiate : ils insistent pour que j'aille retrouver mon père à Venice. Mes nouveaux amis de fac pensent que je prends des vacances. J'ai l'air d'une gamine gâtée. Qu'est-ce que je peux dire ? « Les apparences sont trompeuses ? » C'est vrai, j'ai de la chance. Au fond, je suis soulagée, surprise qu'on me paie un billet comme ça, et flattée. L'ego. Je n'en ai pas tellement d'habitude mais, cette fois-ci, j'ai toute l'attention de mes parents et droit à un traitement de faveur. C'est *moi* la priorité. Ça fait du bien. Je me dis même, et je n'en suis pas fière, que ça rééquilibre un peu l'investissement entre mon frère et moi.

À Venice, assise face à mon père sur un canapé, je déballe tout. Il reste calme.
– J'ai jamais compris la drogue. Qu'est-ce que tu aimes là-dedans ?
– Ça me fait parler, pendant des heures, je peux parler de choses intimes sans pleurer. Ça m'aide à réfléchir, à creuser, j'ai l'impression d'être pertinente, j'arrive à faire parler les autres de leurs problèmes aussi, je les comprends. Sur le moment, ça me donne

confiance en moi, je me sens bien, je me sens libre, mais ça tient pas, je me sabote.
– Comment tu paies ça ?
– Tout le monde partage, et avec l'argent du restau, j'ai plein de pourboires.
– Et la nourriture ?
L'autre chose qui rythme ma vie, c'est l'obsession du corps, et c'est surtout de ça que je veux parler. Sans mes troubles alimentaires, j'aurais peut-être eu un parcours « acceptable », à un endroit au moins. Ça m'a fauché des années, et ça impacte déjà mon avenir.
Mon premier souvenir de boulimie date de mes onze ans, l'été du passage en cinquième. Chez l'amie avec qui j'étais en vacances, on mangeait beaucoup de brioches industrielles au Nutella. On n'en trouvait pas chez moi, ma mère disait que c'étaient des cochonneries. Hors de la maison, je me lâchais. J'avais toujours été plus grande et potelée que mes copines. À l'heure où on commençait à sortir avec des garçons, ils me voulaient en amie plutôt qu'en amoureuse, j'étais la fille sympa, jamais la préférée, il fallait que je corrige mon corps pour être aimée. J'avais cherché sur Internet des méthodes pour maigrir. Régimes restrictifs : je ne tenais jamais assez longtemps pour être satisfaite ; laxatifs : trop intense pour moi (et si ça me prenait au mauvais moment ?) ; sport : bof ; devenir anorexique ? Ça, ça m'intéressait !

J'avais vu certaines filles de mon collège perdre beaucoup de poids en l'espace d'un été. Derrière leur dos, tout le monde les traitait d'anorexiques. Je ne disais rien, je les enviais. Les forums pro-anorexie sur lesquels des personnes malades se partagent des conseils pour perdre des kilos, duper l'entourage, résister à l'évanouissement lorsqu'on est trop faible et plein d'autres choses, c'est un monde sombre et bien rodé. J'avais même trouvé un système de *mentoring*: être coachée et rendre des comptes à une autre personne pour se motiver. Je n'étais pas assez radicale pour leurs pratiques, mais toutes les filles parlaient de se faire vomir quand elles n'avaient pas pu éviter de manger.
J'ai choisi cette solution-là, pour essayer. L'idée de pouvoir appuyer sur «annuler» ou «marche arrière» me plaisait. Au début c'était dur, ça faisait mal, ça me faisait pleurer, c'était sale, après j'ai trouvé ma technique. Ça marchait mieux que les régimes des magazines qui promettent un corps de rêve sans souffrir alors qu'on crève la dalle. D'abord, ça a été de temps en temps. Dès que je reprenais du poids, je recommençais et ça remarchait, si bien qu'un jour j'ai été complimentée sur ma forme par l'ami qui, à peine deux mois plus tôt, avait comparé mes jambes à celles d'un bœuf.
Les cours ne m'ont jamais intéressée, j'étais à la traîne, je trichais. Rentrer chez moi, c'était quitter

un problème pour en trouver un autre. Tout était désordonné à cause des besoins de mon frère. Pour ne pas dîner en famille, je me suis mise à vider le frigo dès mon retour de classe. Ma mère me voyait, elle devait se dire que je fuyais le conflit. Puis je m'enfermais aux toilettes pour vomir et disparaissais dans la chambre qu'on partageait avec Anton. C'était mon moment d'intimité avant qu'il ne vienne se coucher.
Dire qu'on la partageait n'est pas tout à fait exact. La mienne était tout en longueur, un petit rectangle traversant, sans fenêtre, et la sienne, au bout, un petit carré, juste la place pour un lit simple, avec une fenêtre qui donnait sur une courette. La nuit, une porte coulissante pouvait séparer les deux espaces mais Anton l'ouvrait tout le temps et je hurlais: «Ferme!!!» Je me sentais un couloir, un lieu de passage où personne ne s'arrête, où je ne laissais aucun membre de ma famille s'arrêter, sans fenêtre pour respirer, sans échappatoire aucune. Je passais des heures à écumer les annonces immobilières pour connaître les prix au mètre carré des différents quartiers de Paris, des heures sur les sites de ventes et locations à la recherche de bons plans, jusqu'aux sites de ventes notariales: ça démarrait bas, il suffisait d'espérer que personne ne vienne à la vente. Trois chambres, de l'espace, de l'intimité, pas de métro aérien en face, c'était tout ce que je

voulais. Je détestais ce pont. Lui aussi représentait une frontière avec les autres, ceux qui vivaient bien, heureux, de l'autre côté du pont, mes camarades de classe, dans des quartiers plus aisés – on avait demandé une dérogation pour que je fasse du russe dans un autre collège que celui de mon secteur. J'ai changé d'établissement en cinquième. Je bombardais ma mère d'annonces. Quand j'étais triste, elle me disait: «On ne veut pas que ça te pèse.» Quand je l'énervais, elle me disait: «On fait tout pour que ça ne te pèse pas!» Elle aussi aurait aimé avoir plus d'espace. Pour me calmer, et peut-être pour rêver elle aussi, elle m'emmenait parfois faire des visites. Ce dernier point, mon père l'ignore. Il y a beaucoup de choses qu'il ne sait pas. Là, à Venice, je règle mes comptes:
– Cet appartement n'était pas adapté à notre famille. Ne pas pouvoir reposer son esprit chez soi, ne pas pouvoir le ressourcer, c'est violent, ça déteint sur tout. J'ai jamais pu! C'était ta responsabilité! Toi, tu t'enfuyais dans ton atelier et tes voyages, tu rentrais tard, tu partais longtemps, mais moi, tu m'as laissée! C'est à cause de toi que je suis malade! C'est à cause de toi que je rate tout!
J'ai tapé fort pour le faire bondir, pour le faire souffrir même, autant que moi, mais rien. Il me fixe sans un mot. On se capte en profondeur. Dans cet appartement, quand j'étouffais, il étouffait aussi. Je sais

qu'il a fait de son mieux. Au tréfonds de mon âme, je le sais. Je dois trouver la force de le comprendre et de lui pardonner. Aujourd'hui, je suis assez grande pour savoir qu'il n'y a pas de coupable.

Chaque année depuis cet été du passage en cinquième, mon rapport à la nourriture devient plus sournois : pensée obsédante, anéantissement des plaisirs simples, manière d'éviter ma vie de famille, source d'épuisement physique et psychologique. Rien ne s'installe plus en moi sans mon accord, ni les aliments ni les pensées. Je peux me purger sans l'aide de personne. J'ai le contrôle là-dessus au moins. Pour anesthésier ces prises de conscience, je fume des joints du matin au soir et mets des gouttes dans mes yeux afin de les garder blancs. Chaque mécanisme est pensé pour passer incognito, pour qu'on ne me juge pas, pour n'alarmer personne, pour maintenir à flot mon système de survie.
Je me rends malade. La dysmorphophobie est un trouble psychologique qui empêche de se voir tel que l'on est vraiment, rend obsédé par certains détails de son corps que l'on voudrait différent. Ajoutée aux pulsions de la boulimie, c'est une arme de destruction. Au lycée, mon métabolisme se détraque, je prends huit kilos qu'en arrivant à Montréal j'ai presque fini de perdre. Mais à Montréal justement il y a quelque chose de nouveau. Les joints me donnent

des crises de tachycardie – j'arrête de fumer. Puis c'est le brouillard de mes réveils qui s'intensifie: un blizzard, une tempête prête à s'abattre, une insécurité qui me traque. Chaque repas m'angoisse, je les saute, trie ma nourriture: interdit d'ingérer protéines et féculents en même temps, interdit de manger des pâtes, interdit de manger du sucre raffiné, tout cuisiner à l'eau, des règles, des règles, des règles, rester attentive au moment de satiété, une bouchée de trop me ferait basculer dans l'abysse du trouble, un raid de la cuisine qui se poursuivrait aux toilettes et ensuite au supermarché parce que, foutu pour foutu, j'ai ruiné mon immunité du jour, je peux continuer ma crise, des heures à ratisser les rayons du supermarché en transe, à sélectionner les aliments interdits les moins chers possibles (trop gras, trop sucrés, trop salés) que je consommerai là, juste après, pour la dernière fois, parce que ensuite «je me prendrai en main, pour de vrai».

– Mais personne ne te voit? interrompt mon père.

Quand je suis entourée, je trouve des subterfuges pour ne pas manger, ou peu, ou pour me dérober le temps de me vider. La simple idée de peser plus lourd sur la balance est terrifiante, intolérable au vu de toute la peine que je m'inflige avec ma méthode.

Les personnes comme moi se persuadent qu'il leur suffit de perdre X kilos (selon l'insécurité du jour) pour que le poids du monde quitte leurs épaules.

Cuisses écartées, abdos dessinés, taille fine, hanches parfaites, fesses fermes, bras galbés, cou allongé, mâchoire anguleuse: finis, les problèmes. Je vois bien l'absurdité du raisonnement mais mon esprit y adhère. En plus, la détresse est physique, on ne peut pas l'ignorer. Elle coupe la respiration, compresse le cœur et les entrailles, s'installe dans le cou et les épaules. Je n'arrive pas à étudier, pas à lire, pas à regarder de film, pas à écouter de musique lorsque je suis seule chez moi. Je n'arrive pas non plus à sortir respirer. J'envoie des Snapchat drôles à ma liste de contacts pour maintenir le lien en attendant le soir que mes colocs rentrent, qu'on fasse quelque chose ensemble, qu'on s'ouvre une bière, qu'on aille quelque part, que mon masque reste bien en place. Personne ne sait, à l'exception d'une amie. Un jour, elle m'a proposé un café pour me demander si moi aussi.
Et la drogue vient se nicher par-dessus cette pile de honte pour donner l'illusion d'être moins triste. L'envol symbolisé par Montréal –plus d'autonomie, plus de liberté– n'a fait que révéler mes ailes cassées. Je me mets des œillères, je les dissimule avec d'autres comportements, d'autres drogues, euphorisantes, désinhibantes, pas tout le temps, pas n'importe comment, je ne suis pas la pire, je suis très responsable –loyer, factures, travail, pas de problème–, mais j'en ai besoin.

Parfois je me dis qu'être boulimique c'est un peu comme être alcoolique, drogué ou très gros fumeur en tentative de sevrage. On a le sentiment qu'on perdra notre béquille, qu'on ne saura plus tenir debout, plus marcher, plus se comporter. *Qu'adviendra-t-il du temps libéré? Que ferai-je de mes mains, de ma tête? Qu'apprendrai-je de moi? Serai-je déçue? Et si je n'arrivais pas à faire face aux choses que j'endors dans mon geste?*
Je me dis d'autres fois que je manque juste d'une soupape, d'un refroidisseur, d'un ventilateur intégré. Somme toute, mon inconscient m'a faite comme Anton, avec des agissements étranges qui régissent ma vie, sauf qu'à l'inverse de lui je suis censée aller bien, sauf qu'à l'inverse de moi la société n'attend rien de lui.

– J'ai remarqué les fluctuations dans tes humeurs depuis que tu es petite, dit mon père.
– Pourquoi tu m'as rien dit?
– Je pensais que ça passerait en quittant la maison.
– Donc t'as vu et t'as rien fait?
– Qu'est-ce que tu voulais que je fasse? On pouvait pas t'approcher! Tu avais réponse à tout!
– Ça va être ma faute? La psy l'a dit: traumas de l'enfance! Je me suis traumatisée toute seule?
Je veux qu'il s'écrase, dresse la liste de ses erreurs, admette que je suis une victime collatérale, que tous

les frères et sœurs le sont, et que personne n'en prend suffisamment la mesure.
Pour lui, c'est l'échec du système. Vision arriérée de l'éducation à la française qui impose des horaires délirants, pense que tout est dans les livres, ne propose aucune activité qui favoriserait l'épanouissement personnel, ne forme pas ses professeurs à la pédagogie, dont j'ai pâti ; vision arriérée du handicapé à qui on interdit tout bonnement d'avoir du potentiel et quelque chose à offrir au monde, dont Anton a pâti ; immense difficulté à rencontrer des professionnels compétents pour Anton, dont ils ont pâti ; coût de tous ces professionnels, plus le fait que ma mère a dû arrêter de travailler pour sauver Anton du néant, et la fragilité économique que cela engendre ; répit auquel ma mère et lui n'ont pas droit. On l'est tous, victimes, et il faut que j'essaie de trouver les ressources en moi pour bâtir ce que je ne trouve pas dans le monde.
Peut-être, mais ce n'est pas ce que je veux entendre. Je ne veux pas d'espoir, c'est plus dur l'espoir, ça veut dire se battre encore alors que je suis épuisée. Je ne veux pas avoir les ressources en moi, je veux une consolation ou une bagarre. Là, j'aurais voulu que ça explose pour pouvoir cracher tout mon venin, en être vidée et aller mieux un instant.
– Si j'avais su que tu venais pour m'insulter, je t'aurais laissée à Montréal.

– Je t'insulte pas.
– Tu m'insultes pas ? Tu me traînes dans la merde depuis une heure. Tu es venue pour quoi, au juste ?
– Pour que tu m'aides à me soigner.
– Alors arrête de pleurer et laisse-moi t'aider. J'ai rendez-vous avec Will, celui qui fait des projets avec des adultes porteurs de handicap, c'est dans une heure chez Tom. Je te laisse te calmer. Moi j'y vais, j'ai besoin de prendre l'air.
Et il me plante. Je l'ai bien mérité.
Les cris de désespoir ne sont beaux que dans les films, au théâtre, sur un tableau, une sculpture, un texte ou en chanson. Dans la vraie vie, c'est moche. Ça fait pitié.
Je les rejoins avec quinze minutes de retard et la suite, vous la connaissez.
C'est dans cet état d'esprit que je suis arrivée à Zeno. En naufrage.

La vraie vie

Tout le monde dort sauf Trevor qui conduit, et moi, assise derrière lui. Depuis le film de Zeno, il décroche des contrats en tant que technicien sur des tournages, ça lui permet de chercher un nouvel appartement; il a coupé ses longs cheveux blonds, il a l'air heureux. Ça lui donne un certain charme.

– Ça te va bien.

– Si tu savais comme ma mère était contente quand j'ai débarqué tout propre à Noël…

– Pourquoi ?

– Elle aimerait qu'un de ses fils fasse quelque chose de sa vie, si c'est pas un bon travail de bureau, que ce soit au moins des enfants, le genre de choses qu'une mère souhaite. Elle trouvait que ma queue-de-cheval m'éloignait de ces grands accomplissements.

– C'est drôle. Ça va ton frère ?

– Ça va. J'ai réussi à tenir la distance, je me

régénère. C'est ça aussi les cheveux: je veux être un homme nouveau. Et toi, Anton, il est comment à la maison?

– Écoute, il peint. Il va dans un centre de jour et certains matins et le week-end il s'installe et il peint.

– T'as pas l'air emballée.

Si si. Je lui raconte la rencontre avec sa première professeure Nicole qui a tout déclenché, les efforts de mes parents depuis pour qu'il ait des conditions pour exercer son talent, la rencontre avec une autre professeure qui a changé sa vie. Il l'appelle «mon amie de l'art», ils regardent des livres d'art ensemble, parlent de peinture, vont voir des expositions. Deux fois par semaine, ils se retrouvent dans l'atelier d'Anton, elle lui met de la musique, ils dansent, et elle vient à tous ses anniversaires. Au début je craignais qu'elle ne veuille trop guider son regard, mais non, elle respecte son processus. Anne. Je l'aime beaucoup.

Anton est prolifique. Je trouve certaines de ses toiles très belles; d'autres me font penser que tout ça n'est qu'une excitation momentanée. Ma mère réalise un documentaire sur lui et cherche en parallèle une galerie. Une expo, ça pourrait être la fin du film. C'est une manière de savoir quelle est sa place dans le monde de l'art. Si ça ne marche pas, elle filmera les refus.

Ils ont leur vie à trois et je m'en tiens éloignée. Je suis surtout là à la rescousse. Si personne ne peut accompagner Anton quelque part, je le fais. Quand mes parents partent, je m'installe chez eux. Dès que je passe le pas de la porte, il me demande: «Qui vient?», qu'on ait prévu quelque chose ou non. Je suis son moyen d'avoir une vie sociale avec des jeunes de son âge, il l'a très bien enregistré. Avant je le prévenais, mais maintenant je le surprends si j'invite des gens parce que sinon il m'appelle trente, quarante fois d'affilée, chaque jour qui précède la soirée, pour en parler.

– Vous êtes super proches alors.

– Non, on n'a pas de moments complices. On les a jamais eus. On regarde la télé tous les deux, on se parle pas. Ça l'intéresse pas d'être seul avec moi. Et pendant longtemps ça m'intéressait pas non plus d'être avec lui. Je sais pas qui a rejeté l'autre en premier.

Ma voix monte dans les aigus alors je me tais.

– T'inquiète, moi aussi je pleure.

– Beaucoup?

– Ouais.

Anton me frotte le chignon, trois à-coups: *frotte-frotte-frotte, frotte-frotte-frotte, frotte-frotte-frotte*.

– Ça va ma sœur?

– Ça va et toi? Tu dors plus?

– Non. On va *to the movies*?

– Oui, on va au ciné. Tu sais ce qu'on va voir ?
– Non.
– *Spiderman*, c'est un film d'action.
– Ouais j'aime bien ça.
On s'arrête dans un parc pour croquer un morceau avant la séance. Jacob s'est donné pour mission d'accompagner Anton dans la gestion de ses émotions. Entre deux bouchées de wrap, il lui recommande de respirer si ça monte, car un film comme celui que nous allons voir a toutes les raisons d'éveiller son anxiété : le bruit, l'énergie, ça va péter ! Je ne sais pas ce qu'Anton comprend de ses conseils, mais il le regarde. *C'est sûrement de cette voix amie-là qu'il a besoin.*

Après le film, comme nos maillots sont dans nos sacs, on peut retrouver directement le reste de Zeno à la mare. Edith y est, elle dort dans un hamac : *Spiderman*, très peu pour elle.
– Tu connais des *strip clubs* au Canada ? me demande Trevor.
– Quoi ?
– Ouais, on cherche un *strip club*, ils sont mieux au Canada. T'es jamais allée dans un *strip* quand tu vivais là-bas ?
– Non.
– Elle connaît pas ! crie-t-il en direction d'un groupe de garçons.

Théodore, Ted pour les intimes, aimerait plonger son visage dans une paire de seins nus. Il le répète tout le temps en riant, mais on sait qu'il est sérieux car il conclut toujours par: «Il est temps que ça m'arrive, bon Dieu!» Sa sœur est sa tutrice légale, elle le couve beaucoup trop à son goût, et à Zeno la règle est claire, c'est *no sex in the cabins*... Alors il faut bien trouver un moyen d'arriver à ses fins. Chaque été, il convainc un peu plus un petit groupe de garçons de faire un tour dans un *strip club*, seulement, pour organiser une sortie depuis le camp, ils ont l'obligation de demander l'autorisation à sa sœur. Cet été, ils veulent bien l'appeler. Leur plan, c'est moi. Je suis sœur, donc je vais appeler la sœur de Ted pour la convaincre de le laisser sortir. Entre sœurs, on se comprendra. Mais je refuse. La négociation n'est pas mon fort, et je n'ai pas envie de m'immiscer dans ces histoires. Ma réponse n'est pas celle attendue.

– Eh bien, on fera sans toi! assène Ted. De toute façon, si ma sœur dit non, je lui ferai vivre un calvaire, je vous le jure. Je mettrai ma musique fort, je claquerai les portes, je tirerai pas la chasse d'eau, je laisserai traîner ma vaisselle sale. Elle verra si elle dit non. Je l'aime et je la déteste. Elle s'occupe bien de moi, je mange bien, je suis bien habillé, mais c'est pas ça la vraie vie.

– Ted... dis-je. Je peux pas dire à ta sœur de te laisser

aller dans un *strip club*, c'est trop... Vous avez pas une idée un peu plus tranquille ?
– Montre tes seins ! dit Caleb.
– Très drôle. Et Internet ?
– Léa, j'ai cinquante-sept ans. J'attends la bonne personne depuis toujours, j'ai respecté toutes les règles, toutes ! On m'a même pas laissé essayer quand j'étais en couple ! Arrêtez de vouloir me protéger, vous m'enfermez, c'est pas ça la vraie vie ! Je suis un tendre, un romantique. J'ai besoin d'une main sur moi, de caresses, d'un souffle dans ma nuque, même si ça va nulle part, tu comprends ? Je veux qu'on me désire. Je veux sentir des cuisses contre les miennes et des mèches de cheveux parfumées sur mon visage.
Le réveil d'Edith me sauve de cette conversation embarrassante. Sa sieste est une prouesse vu le boucan qu'ils font depuis le toboggan, à foncer comme des obus dans l'eau en hurlant des cris de guerre. En retirant la casquette qui cachait la moitié de son visage, je trouve ses joues rosies. Je la lève, lui mets son gilet de sauvetage, on s'approche du bord du ponton et « 3... 2... 1 ! » on bascule comme deux masses dans la mare en se pinçant le nez, et on resurgit à la surface en toussant.
– Alors, le film ?
– J'ai dormi. Et toi la mare ?
– Moi aussi j'ai dormi.

Je la fais flotter en direction de Will et Peter et leur demande :

– Vous avez déjà emmené un groupe dans un *strip club* ?

Malaise.

– C'est dur, dit Peter. J'imagine que c'est une idée de Ted ? Ouais ? Cette histoire revient chaque année. On fait signer une décharge aux familles concernant la nudité possible à Zeno, mais pour ce qui est d'une sortie dans un *strip club* à l'extérieur du camp, c'est trop controversé. On peut pas prendre ce genre de position.

– Edith, toi tu connais un peu Ted, non ? demande Will.

– Le puceau ?... Ha ! Je rigole, je rigole. Si vous aviez vu vos têtes ! Oui, bien sûr. Mais il me fait de la peine avec ses histoires, je les connais par cœur. Le *strip club*, super idée, mais pourquoi au Canada ? Il faut se raconter les bonnes histoires pour le moral. Moi j'ai Sissy et Millie, c'est ma boussole. Je reste en forme pour mes filles.

– Tu penses pas qu'il en a vraiment besoin ? je demande.

– Si si, sans aucun doute, mais il peut trouver quelqu'un ici aussi, pourquoi il fait le compliqué ?

– Si personne lui plaît...

– Mouais. Moi je l'aurais embrassé !

– Tu veux que j'arrange un truc ?

– Deux mecs, c'est pas assez ? Pourquoi tu l'embrasses pas, toi ?
– Trop vieux...
– T'emmènerais Anton dans un strip-club si ça se présentait ? me demande Will sérieusement.
– Avec un groupe, oui.
– T'accepterais qu'il y aille sans toi ?
– Oui aussi, je crois. Je veux qu'il connaisse la sensualité et la nudité. Je veux qu'il vive ces expériences. Je le forcerais jamais, mais pourquoi il y aurait pas droit ?
C'est bon. Je vais le faire, je vais appeler la sœur de Ted.
Ils n'ont pas bougé de leur rocher. Je leur fais des signes de main puis deux pouces en l'air : « C'est bon, j'ai réfléchi, c'est ok ! » Mais ils me répondent à peine.

Edith remonte dans un petit utilitaire. Je préfère marcher. Rendez-vous à côté du feu de camp. Les garçons tracent devant. Je les ai vexés ou quoi ?
« *Brush your teeth! Brush your teeth! Take shower! Take shower!* » Anton et sa chorale progressent en rythme sur le sentier pentu. Je les dépasse. Il aurait pu être GO au Club Med (j'imagine, je n'y suis jamais allée). Ou peut-être qu'il tient ces chants d'À Bras ouverts, l'association catholique avec laquelle il part parfois en week-end. Ou bien des « Zéi », les Éclaireurs

israélites de France, les scouts juifs. Mes parents l'ont envoyé partout où on l'acceptait. Rares étaient les options laïques.
J'accélère le pas jusqu'à Ted. Je veux bien parler à sa sœur, mais j'aimerais mieux comprendre où je mets les pieds. Il dit que, de toute façon, c'est foutu, il n'a pas de passeport. Il a une pièce d'identité, mais pas de passeport. Pour quoi faire ? Il n'a jamais quitté le pays. Je lui dis qu'il peut le faire faire d'ici l'année prochaine, et puis des *strip clubs*, il y en a ailleurs qu'au Canada ! Non. C'est le Canada ou rien. Il a un plan d'évasion pour y refaire sa vie et qu'on ne le retrouve jamais. C'était supposé être simple ! Mais demander à sa sœur de faire son premier passeport à cinquante-sept ans, ce sera suspect. Pourvu qu'elle ne fouille pas sa table de nuit pendant son absence, le projet est détaillé dans un carnet rangé dans le tiroir.
Il me raconte sa vie d'avant, au foyer. Il y était heureux. Sa chambre avait vue sur un cerisier. Chaque année, il attendait la floraison pour la peindre en aquarelle. Il n'y a rien de plus beau qu'un cerisier en fleur qui retire son manteau, chaque semaine un peu plus, jusqu'à devenir une couverture nourricière pour le sol à ses pieds. Sa mère est morte quand les derniers pétales sont tombés, il y a neuf ans. L'enterrement a eu lieu, la vie a repris mais il y avait toujours les pétales qu'il continuait d'immortaliser

en rentrant du travail, en pensant à elle. Un soir, le jardinier finissait de les balayer. Il a perdu pied. Il est devenu violent. L'établissement dans lequel il était demandait une vraie autonomie de la part des pensionnaires et lui n'était plus propre la nuit. Comme il avait été exemplaire jusqu'à ce deuil, ils ont accepté de le garder le temps qu'il se remette. La seule sortie qu'il acceptait de faire était pour voir sa psychologue au bout du couloir. Il mangeait dans sa chambre, refusait les visites, même de sa compagne, par honte qu'on le voie ainsi. Après huit mois, elle l'a quitté pour quelqu'un de l'étage du dessus, plus aimant, plus présent. Comment lui en vouloir ? Marcy méritait tout l'amour du monde et lui n'était plus capable d'en donner. Le coup de massue juste après cette rupture fut son licenciement pour absentéisme. Sa sœur l'a sauvé. On ne peut pourtant pas dire qu'ils étaient proches : ils se voyaient pour les vacances, une ou deux fois par an. Mais elle a déménagé de Géorgie où elle vivait avec sa femme depuis quinze ans pour lui, parce que ses repères à lui étaient dans le Massachusetts, et aussi parce que les infrastructures dédiées au handicap y sont meilleures. À présent, elle préserve l'équilibre qu'ils ont trouvé avec beaucoup de règles : aucune décision n'est jamais prise sans qu'il en soit informé, mais personne ne lui demande jamais son avis. Ça ne peut pas être ça, la vraie vie.

– Mon foyer me manque, dit-il, ma vie d'avant me manque. Tout allait si bien. Même le travail à la blanchisserie me manque.
– Tu veux pas que je t'aide à lui parler de tout ça plutôt que du *strip club* ?
– Non, pas vraiment. Je vais me changer maintenant. On se voit tout à l'heure autour du feu. Merci d'avoir pris le temps d'écouter mon histoire.
Je reste plantée quelques secondes devant sa cabane. Par une fenêtre entrouverte, il me glisse :
– Rien n'arrive par hasard. Tout vient à point à qui sait attendre.
Des phrases qu'il a dû apprendre par cœur pour panser la peine.

Edith discute à côté du barbecue fumant. Ça me laisse quelques minutes pour aller embrasser mon frère dans *Long Way Up*. Il a peur en me voyant, mais je repars vite.
Avec Anton, nous n'avons jamais vraiment eu à nous questionner sur le sexe. Il ne manifeste pas d'envie particulière. L'acte le plus sensuel que je lui connaisse, c'est tenir la main d'une fille. Dès qu'il arrive quelque part, il en repère une et s'en approche, plus ou moins discrètement. En général, il se poste à côté d'elle et lui tend sa main sans un mot. Si elle veut discuter, il tient aussi longtemps qu'il peut, mais ça ne va jamais très

loin. Ensuite, il propose de s'asseoir pour passer à l'étape numéro 2 : un massage de main. Elle doit retourner sa paume dans la sienne et il en tapotera délicatement les coussinets. Je ne sais pas ce qu'il trouve dans ce contact-là mais il s'absente, comme en hypnose.

Dans la queue pour les hot-dogs, Ted me tend la main – « en signe de paix », dit-il. Je ne savais pas qu'on était fâchés. Son visage semble apaisé. *La vie est tellement pleine ici qu'on passe vite à autre chose.*

Vers 22 h 30, une première vague va se coucher. Edith est prête aussi après toute cette danse.

À mon retour sur les briques une heure plus tard, je trouve Trevor qui boit une bière seul. Je lui raconte des bribes de ma discussion avec Ted, Edith qui prend vraiment soin de ses poupons. Elle leur donne le sein, les lave, les change, les couche, les borde, leur susurre des comptines pour qu'elles s'endorment. Ça prend du temps. Parfois, je perds patience mais je n'ai pas le droit. C'est son moment. À côté de ça, nous sommes douze filles dans la yourte et le chronomètre salle de bains est définitivement plus long que quand je n'étais qu'avec des garçons. Lui, c'est l'inverse. Il trouve certains mecs super négligés. C'est très stéréotypé tout de même.

Comme personne ne vient, on décide d'aller regarder

les étoiles un peu plus bas sur la côte, là où la vue est dégagée. En s'arrêtant dans la descente pour jouer avec nos ombres, on se retrouve face à face et il m'embrasse, un baiser tendre, profond, auquel je n'étais pas préparée mais qui me plaît.

La vraie vraie vie

La pluie s'abat si fort qu'elle réveille toute ma cabane. Par la fenêtre, on regarde les grosses gouttes tomber de feuille en feuille. Certaines prennent la forme de baignoires qui fléchissent sous le poids de l'eau. Je pense à mes mains agrippées à la nuque de Trevor, aux siennes qui entourent mon dos, à son odeur de feu de bois qui persiste sur mes doigts, à ce que je pourrais bien lui dire dans une heure quand je le verrai.
Il fait trop frais, personne ne veut prendre sa douche dehors. J'en profite pour grappiller quelques minutes de solitude, en tailleur, sous le jet fumant. Je ne regrette rien.
Au petit déjeuner, il n'est pas là. Au déjeuner, non plus. Au dîner, toujours aucun signe de lui. À la fin du *safety meeting*, les portes de la grange s'ouvrent. Il entre trempé et s'assoit à droite de mon corps raidi par son arrivée.

– Ça va ? dit-il.
– Ça va, et toi ?
– Ça va. Crevé. Je me suis couché tard hier soir.
Je souris. Il a passé la journée accroché à une corde sur un chantier, à réparer un toit en rappel. Avec l'orage, il crevait de chaud sous la charpente.

Comme la pluie ne cesse pas de la semaine, on passe nos journées à répéter dans la grange. Jacob a décroché le rôle principal masculin. Je ne sais pas pourquoi Anton aime si peu la comédie musicale, lui qui adore la musique et passe son temps à chanter et à danser cherche encore par tous les moyens possibles à ne pas en être et à attirer l'attention en proposant de faire des bras de fer, en lançant des « *Brush your teeth* » qui me tapent sur le système. Là, après s'être jeté au sol pour fuir une attaque d'hélicoptère, il fait semblant d'avoir mal au genou. En plein milieu d'une répétition, il s'est écrié : « Attention, l'hélico, venez me chercher ! Attention ! J'appelle mon avocat ! », réplique directement inspirée de ses séries télé. En le regardant faire, je pense à la phrase de Jacob : « On a parfois juste besoin d'être seul. » Ici, Anton n'a pas son portable pour s'isoler avec de la musique comme il le fait toujours à la maison. C'était une décision concertée avec mes parents, on s'est dit qu'il ferait mieux de ne pas l'emporter, pour profiter du moment présent à Zeno. Peut-être qu'on s'est trompés. Tout le monde prend des pauses sur son téléphone.

Dans l'atelier, je termine la peinture d'un arrière-plan déjà bien entamée: un salon, sur un immense drap d'au moins dix mètres sur quatre qu'on tendra sur toute la largeur du plateau. Ça grouille de monde ici. On a une dizaine de dessins différents à faire, il faut aussi découper dans du bois l'avant d'un bus, choisir des couleurs, fabriquer des torches en polystyrène... Ça n'en finit pas. Depuis un moment, j'entends appeler Anton pour monter sur scène. Will vient me demander personnellement si je ne l'ai pas vu et conclut:
– Si on accepte tous les retards, on ne s'en sortira pas, on fera sans lui.
Spencer et Trevor, qui attendaient une bonne excuse pour prendre une pause, partent à sa recherche. Lexie s'approche illico de moi. *Qu'est-ce qu'elle me veut?*
– Tu penses qu'ils vont parler de nous?
– Pourquoi?
– Tout se sait ici.
Elle m'apprend que plein de gens fricotent la nuit. C'est discret, mais c'est chaud. Elle avait toujours espéré rencontrer quelqu'un ici: Spencer et elle, ça fait un an! Ils emménagent ensemble dans quelques semaines. *La chance: Zeno, c'est l'endroit parfait pour trouver l'amour.*

– Et toi, me demande-t-elle, tu te projettes avec Trevor ?
– On est très différents mais je l'aime bien. Il me touche. J'ai du mal à me remettre de mon premier amour… Les histoires sont les bienvenues pour penser à autre chose. Mais j'avoue que, depuis cette année, une pensée nouvelle pointe le bout de son nez : la personne avec laquelle je partagerai ma vie plus tard devra accepter les contraintes imposées par mon frère. Impossible de savoir encore quoi faire de cette réalité, mais elle me pèse.
Lexie et Spencer ont abordé ce sujet plusieurs fois. Quand un jour elle lui a dit pour le réconforter qu'il n'avait pas à faire ce sacrifice, que ce n'était pas son rôle de frère, il n'a pas du tout apprécié.
– Bah oui ! dis-je. C'est comme si notre liberté valait plus que la leur.
– C'est ce qu'il m'a expliqué.
– Moi, en soi, je sais pas ce qui serait mieux, il serait peut-être plus heureux en vivant avec des potes en foyer, mais je refuse qu'il soit ghettoïsé : c'est pas parce qu'il est handicapé qu'il doit vivre avec des handicapés. Avec moi au moins, il sera dans le monde.
En France comme aux États-Unis, la majorité des lieux de vie pour personnes handicapées mentales sont isolés, en marge. Le rêve pour notre famille serait de trouver un foyer d'habitat partagé dans

Paris: tout en restant proche de nous et de son atelier, Anton serait autonome et vivrait avec d'autres jeunes, porteurs ou non de handicap. Mais pour intégrer ce genre d'établissement, il faut pouvoir faire ses propres courses, aller au travail et en revenir seul. Il n'en est pas là, sans compter que les places sont très rares. L'autre possibilité, c'est de monter une coloc pour lui. Problème: à Paris, c'est très cher. Ce n'est pas avec son allocation adulte handicapé qu'il pourra se le permettre.

En haut, ça applaudit. On remonte. Les répétitions sont terminées; Anton est installé à la batterie. Il en a fait plusieurs années, il lui reste quelques bases. D'un saut, Emily, la sœur de Spencer, descend de la scène.

– Anton est tellement gentil et serviable! Il était parti chercher des cafés pour tout le monde, c'est pour ça qu'on le trouvait pas, c'est trop mignon!

Deux filles passent à côté de moi: «Pour les autistes comme Jacob et Anton, c'est...» et je n'entends pas la suite.

Anton n'est pas autiste. Anton n'est pas autiste! Je n'ai rien contre l'autisme, mais Anton n'a pas de diagnostic et ça compte pour moi: dans certains cas, c'est utile de le connaître, mais pas dans le sien. En ce qui le concerne, l'errance médicale l'a sûrement sauvé de l'enfermement. Si on ne sait pas ce qu'il a,

on n'a personne à qui le comparer et, surtout, on ne peut pas imposer de limites à ses capacités.
Je ne peux pas m'empêcher de les rattraper:
– Pardon les filles, mais Anton n'est pas autiste, faut pas plaquer des étiquettes comme ça.
Sans attendre leur réponse, je souris et file vers la cuisine pour me presser un citron avant le dîner. Edith préfère m'attendre dans la grange avec tout le monde, sur le chemin je croise Trevor alors on parle des vertus du citron pressé et je perds la notion du temps: trente minutes pour revenir dans la pièce dépeuplée.
– Ediiith! T'es où?... Ah, Will, t'as pas vu Edith?
Il pointe du doigt la terrasse couverte.
Edith est en train d'embrasser un homme à pleine bouche. Penché sur ses béquilles, il essaie de dégager une main pour la peloter.
– C'est Steve?
– C'est Steve. Attention, ça peut devenir chaud ces deux-là.
– Putain! Ça rigole pas. Je les laisse?
– Ouais, reviens dans dix minutes.

Une philosophie qui irradie

Chaque année, chaque semaine, de nouvelles personnes font leur apparition. C'est ça, Zeno: des ramifications infinies, une philosophie qui irradie, des électrons libres qui repassent de temps à autre par le noyau. Tout va si vite et si fort. Les cabanes tournent, les affinités se font et se défont. Le mouvement accélère le temps et le groupe est si grand qu'il y a quelque chose d'antinomique à l'intimité que l'on arrive tous à partager, comme si, tout naturellement, on sautait les étapes de rencontre pour s'attacher tout de suite les uns aux autres. Finalement, je ne sais pas de qui je suis vraiment proche dans cette communauté, mais je pourrais dire «Je t'aime» à n'importe qui et être sincère.

– Déjà que j'ai tout le temps mal, si en plus on me porte mal, je vous raconte pas. Il faut absolument que je continue à perdre du poids ici. Absolument! Ma mère n'en peut plus et, vu la tête du personnel

de l'aéroport, eux non plus n'en pouvaient plus de moi! Ha ha!
Il se présente: AJ. Je sais déjà qui c'est. J'ai entendu son nom des dizaines et des dizaines de fois. Il est dans tous les films de Zeno – c'est une star.
Spencer et Trevor installent ses affaires dans ma cabane, ils emménagent ici tous les trois. Mon cœur s'emballe. *Tous les trois?*
– Eh! vous avez vu le bolide? dit AJ en faisant un tour de la pièce avec son nouveau fauteuil électrique. Assise molletonnée, siège rehaussable, beaucoup plus confortable, beaucoup plus rapide que le précédent. Ah! Aïe! Aïe! Les gars, qui peut m'incliner en arrière?
– Ça va? dis-je.
– Spasmes. Pour que tu saches, Léa, je préfère toujours poser les bases, j'espère que ça t'embête pas: comme tu peux le voir, je suis en fauteuil, j'ai une paralysie cérébrale et, en gros, je suis un tétraplégique qui sent tout et j'ai des spasmes vi-o-lents dans tous les membres, donc je m'interromps parfois comme ça quand j'ai mal. Mais je suis cool, t'inquiète.
Sans me laisser le temps de répondre, Edith s'insère dans la conversation:
– Elle a un frère qui parle français! Il s'appelle Anton. Faut que tu le rencontres, c'est un phénomène, il en fait qu'à sa tête. Mais c'est bien. On passe

notre année à obéir aux valides. On vient à Zeno pour créer un monde où chacun a sa voix, oui ou non ?

– Mouais, sans les valides, j'aurais jamais bougé d'un poil. Il faut qu'on soit en paix, bébé. Le problème, c'est le système. En tout cas, Léa, si tu veux parler de frères et sœurs, je m'y connais, j'ai cinq demi-sœurs ! Être le seul mec et le seul handicapé de la maison, ça forge l'esprit ! On n'attend pas de moi que je protège, comme les autres hommes. Bon, j'irais bien dire bonjour, on se voit plus tard ?

Avec Edith, on va se doucher dehors. Son expression coquine me dit qu'elle a des choses à raconter. Au moment du shampooing, elle crache le morceau :

– Steve m'a embrassée ! C'était comme la première fois ! Je suis comme une gosse !

– Tu lui pardonnes de t'avoir quittée alors ?

– Oh oui. C'est Steve ! Et puis je t'ai dit que j'en ai un autre dans mon foyer.

– C'est bien d'avoir deux mecs ?

– Rien de mieux !

– Ils sont au courant ?

– Oui, chérie.

Edith, c'est un peu ma vieille tante qui m'apprend la vie.

La vie dans la yourte se passe bien. Trevor me vole des baisers alors que les autres pourraient nous surprendre, on s'effleure, on se cherche du regard, il est doux, attentionné avec tout le monde, parfait avec mon frère. Ce matin, je passe dix minutes allongée dans mon lit à contempler ses muscles qui se contractent pendant qu'il extrait le peigne coincé dans les cheveux crépus d'AJ, à rêver d'agripper les siens la prochaine fois qu'on s'évaporera dans les bois.

Ensemble, ils ont fait le tour du monde pour présenter *Becoming Bulletproof*, le documentaire sur Zeno qui a eu un succès international, jusqu'en Russie! À deux voix, ils énumèrent les galères quand le fauteuil d'AJ a été perdu puis cassé, la fois où il a eu besoin d'aller aux toilettes en plein vol, celle où ils étaient tellement en gueule de bois qu'ils ont manqué une conférence de presse.

– C'était vraiment spécial de parler de création devant un public attentif, dit AJ d'une voix de leader qu'on a envie d'écouter. J'ai mis le paquet, allez, je vous le refais: l'Art, ou plutôt la représentation du handicap dans les médias et dans les arts, est un levier indispensable pour qu'on parle de nous autrement. Pourquoi? Parce que l'Art a le pouvoir de rassembler au-delà de toutes les frontières imaginables: géographiques, culturelles, générationnelles. Parce que l'Art émeut. Parce que l'Art lie. Et parce que le handicap aussi a ce pouvoir immense: il peut toucher tout le monde, partout, à n'importe quel moment.

Si au cinéma ou ailleurs on choisissait de raconter des histoires ordinaires en donnant certains rôles – comme professeur ou caissier, pas besoin de chercher très loin – à des personnes handicapées parce qu'elles aussi peuvent être ces choses-là, un nouveau monde pourrait naître. Avez-vous déjà vu un père comme moi à l'écran? Ou une mère? Ou deux handicapés qui font l'amour? Qui s'embrassent? Attendez, j'ai mieux: un handicapé et un valide ensemble! Pourquoi les handicapés sont-ils toujours des victimes et pas des connards puissants? Pourquoi, quand il s'agit de nous, on ne raconte que des histoires de surpassement ou de combat? Je ne nie pas du tout cet aspect-là de nos vies, mais il faut raconter d'autres choses pour que l'imaginaire collectif change. Quand on écrit l'histoire d'un valide, est-ce qu'on raconte toutes les épreuves par lesquelles il est passé dans sa vie? Non! Alors qu'on fait de nous des cas à étudier, on est là à dire: «Mais si, si, c'est possible», tellement c'est inimaginable qu'on réussisse quoi que ce soit. Ce qui se passe quand on nous montre puissants, c'est qu'on met les valides face à leurs propres limites: «Si un handicapé est capable de ça, qu'est-ce que ça fait de moi?» Mais vous me fatiguez avec vos insécurités! Moi aussi je veux rêver de mes vies possibles à l'écran, et je veux que le cinéma encourage des parents à offrir une grande vie riche à leurs enfants, à croire en leur avenir, peu importe leur façon de marcher, manger, bouger, parler. Comme l'a fait ma mère. Je veux que la société ait de meilleurs exemples à suivre. Je veux que les frères et sœurs et les parents aussi soient mieux compris, parce que mes sœurs et ma mère souffrent de beaucoup de choses et je le sais. Et moi je souffre de beaucoup de choses et elles le savent. Il faut parler des familles. Sans la famille, c'est dur ! On a besoin de représentation – non seulement pour valoriser ceux qui sont en première ligne, mais aussi pour les curieux qui n'ont pas d'occasions de s'impliquer, pour ceux qui ont des idées préconçues et personne à qui poser des questions, pour tout le monde en fait. On en a tous besoin. Et je vais pas être ultra-radical et dire que 100 % des rôles handicapés doivent être joués par de vrais handicapés, ce serait détruire le métier d'acteur et Dieu sait que j'aime ce métier. Mais on est plus de un milliard de personnes handicapées dans le monde et je vous jure qu'il y a d'excellents performeurs, bien meilleurs que ceux castés à notre place pour l'instant.

– AJ président ! AJ président, bordel ! braille Edith. Et alors qu'est-ce qui bloque, à ton avis ?

– Déjà, il y a ceux qui ont pas confiance en nos capacités, qui ont la flemme de prendre plus de temps, tout ça… Ensuite, il y a ceux qui ignorent complètement notre existence parce que depuis des générations on s'applique à nous cacher et qu'on est encore bien absents dans les rues, les environnements professionnels à haute responsabilité, la politique, les écoles, les universités, enfin, tu connais la chanson. Il y a ceux qui craignent de mal faire. Il y a ceux qui s'en fichent de raconter nos histoires. Il y a ceux qui pensent qu'on est une sous-espèce mais je ne perdrai pas plus de salive sur leur cas. Ensuite, quand bien même on s'intéresserait à nous, il y a l'argent qui bloque : on peut avoir besoin d'aide sur le tournage, c'est un budget en plus ; on prend plus de temps ou alors on fatigue plus vite, on peut se blesser, être plus tendus, et le temps c'est de l'argent ; les assurances sur le tournage ; l'audience ! Peur que le public n'accroche pas, ne veuille pas nous voir – on reste quand même des tabous... Mais si on était en haut de l'affiche, on serait directement invités sur les plateaux à la place des professionnels ou des parents, et là, ma poule, je serais là avec mes discours, ouh yeah ! C'est par le peuple qu'on change les politiques ! Pardon je termine sur un dernier point parce que c'est important : la vérité c'est que, à cause de tout ce que je viens d'énumérer, nous on a le moral à plat ! On a peur ! On n'ose pas ! On se censure ! On est supposés encaisser le rejet sans rien dire, comme si on était insensibles, dépourvus d'humanité. C'est pas le handicap qui fait mal, c'est le rejet. Moi je te le dis, faut être fort pour pas se laisser miner.

– Tu m'as déprimée mais j't'aime tu sais.

– Ben alors, la révolutionnaire, t'as perdu ton énergie ?
– Me cherche pas !
– En fait, c'est comme si, pour plein de gens, le handicap ne pouvait jamais rimer avec qualité et rêve. Ou alors ils nous veulent super-héros comme aux Paralympiques.
– C'est pas des héros, c'est des athlètes.
– Ah, la combattante est de retour !

Ce qu'on fait à Zeno, c'est donc politique ?

4.

J'atterris

(2018-...)

En être sans en être

À Paris, la vie reprend avec Trevor au bout du fil. Pas d'engagement, juste un contact régulier. Avec le décalage horaire, il me couche, je le réveille, et ça s'inverse quand je sors tard. Sa vie bascule progressivement vers Los Angeles où il aimerait devenir directeur de la photographie. Ses nouveaux projets pourraient l'emmener à Paris, qui sait? Un garçon qui débarque de Californie pour me voir... Ça m'excite mais ça brise le mythe. Je veux qu'il reste mon amant de là-bas, que ça ne déborde pas. Les personnes que nous sommes dans la vraie vie sont trop différentes pour que ça marche. Il me le répète tout le temps d'ailleurs: «Tu es tellement différente.» Je valse entre plusieurs boulots d'écriture, je sers du champagne et des petits-fours dans des hauts lieux parisiens où j'apprends des choses du monde: les noms de certaines boîtes, les noms des patrons et des invités de marque. Je laisse traîner mes oreilles,

j'intègre les codes : comment on s'habille et on parle dans les start-up, dans la finance, dans la mode et ailleurs... Je m'imprègne pour mieux me faufiler dans les univers que fréquentent certains de mes amis. Quand on me demande ce que je fais, je dis que je suis free-lance et que j'écris. Juste assez mystérieux pour avoir l'air à l'aise. Enfin j'espère. Mais je préfère parler de famille plutôt que de travail alors je questionne : « Tu viens d'où ? »
À côté, je donne des cours de français et d'anglais, sors beaucoup, vois toujours aussi peu ma famille, m'accroche à mon école de théâtre parce que mes parents l'ont payée. Dans mon temps libre, j'écris. Mon ordinateur déborde de textes. Autour, tout le monde semble avancer, de masters en stages, en CDD, en CDI. Moi je n'ai même pas de licence, je stagne dans l'incertitude.
Avec Trevor on s'appelle en tête à tête, mais aussi quand il est avec des gens de Zeno, à un match de base-ball, au restaurant, aux anniversaires. On se fait coucou par la caméra, c'est mon lien avec le reste du groupe. Les seuls autres avec qui je communique sont Jeremy et Jacob. Tous deux auront bientôt leur propre appartement, Jeremy dans sa petite ville côtière de la Caroline du Nord, Jacob à Manhattan. L'envol. Ils s'envolent. Avec fièvre et appréhension. Leurs parents doivent être terrifiés.
Avec les autres, je maintiens le contact par *likes*

ou commentaires sur les réseaux. La rédaction est toujours très réfléchie. Sur la photo d'un couple fraîchement formé je commente *«omg you two... love it so much xx»*, un mélange de ce que d'autres gens ont écrit. Je n'aurais jamais pu l'inventer toute seule. Ils ont une manière économe, un peu froide, de dire les choses, et je ne comprends pas pourquoi ils utilisent si peu de majuscules et de ponctuations.
Plus on s'appelle, plus j'ai le sentiment que nous les aimons plus qu'ils ne nous aiment, Anton et moi. Sans raison particulière, simplement parce qu'on n'est pas là pour la fabrique des autres souvenirs. C'est absurde, je ne parle même pas d'individualités, je parle d'un groupe. Nous prononçons presque tous les jours les prénoms de gens qui le composent... Et eux? Parlent-ils de nous? Nous sommes sûrement «les Français sympas» qui reviennent chaque année alors qu'ils représentent, tous ensemble, notre eldorado. Mais nous n'avons aucune perspective aux États-Unis: sans diplôme et sans métier, inutile d'espérer un visa.
Il me faut un mari.

Le mail tant attendu est arrivé: Anton est réinvité à Zeno l'été prochain. Ce qu'on appréhendait est arrivé aussi: il ne peut venir qu'une semaine au lieu des deux habituelles. Ils pensent que c'est mieux pour lui.

Alors nous y retournons tous les deux. C'est un effort financier, un investissement sur l'avenir. Pendant des mois, mes parents préparent Anton au voyage: pour se détendre, il peut écouter de la musique ou demander du papier pour écrire ses listes; quand il s'ennuie, il peut proposer des cafés ou patienter le temps qu'on fasse autre chose; quand il a envie de faire quelque chose, comme de la musique, de la peinture ou du sport, il peut suggérer l'idée et s'adapter si on ne la suit pas; quand il en a marre, il ne doit pas se lever de table ou disparaître; il doit écouter, surtout sa sœur.

Ce n'est pas moi qui le ramènerai à Paris. Après Zeno, je m'envolerai pour six mois de voyage en solitaire en Amérique du Sud. J'ai lâché l'école de théâtre pour passer mon permis et partir, peut-être sans retour. Ou peut-être pas: je sais déjà que le 1er décembre Anton aura sa première exposition monographique dans une galerie d'art brut, chez Christian Berst. Ma mère veut que j'y sois, mais je ne sais pas. L'idée qu'Anton, surtout lui, interrompe mon élan de délivrance me dérange. J'ai juste envie de dire non.

French Party

Cet après-midi, nous sommes à un festival dans une prairie. Beaucoup de monde. Des centaines, peut-être des milliers de jeunes, de vieux, de familles. On établit un périmètre Zeno : ce sera le point de ralliement. Au-dessus, des stands de nourriture pris d'assaut ; au loin côté gauche, les toilettes ; à droite, un espace jeux sécurisé pour enfants ; en bas de la pente, la scène. Anton la dévale sans attendre. Il n'est pas le seul mais il va plus vite que les autres. Si ça se faisait, je le menotterais à mon poignet.

Marina, mon binôme de l'été, veut laisser son fauteuil dans la zone Zeno, même si ce sera compliqué de se déplacer dans la foule. Quinze ans dans ce foutu machin. Mais, cette année, elle est allée jusqu'au bout d'un marathon en tricycle ! Rien ne l'arrêtera !

– Bravo franchement ! Je pourrais jamais faire ça ! dis-je.

– Si, tu pourrais. Si tu voulais récupérer ta vie comme moi, tu t'entraînerais et tu y arriverais! Ne dis jamais que tu peux pas, sinon, tu pourras vraiment pas. Et au pire, tu t'adaptes.
Nous entamons nos zigzags, bras dessus bras dessous, entre les couvertures de pique-nique, jusqu'à la foule qui trépigne sur les essais acoustiques des musiciens accordant leurs instruments. À la moindre harmonie, on soupçonne le début d'une chanson et on acclame. Après quelques glissades dans les virages, j'invite Marina à monter sur mon dos.
– Bon, d'accord... Mes parents diraient que j'ai encore voulu trop en faire.
– Et tu répondrais quoi?
– Que je repousse mes limites! J'ai la compétition dans le sang! J'étais patineuse avant, tu sais.
Elle continue de parler mais je l'entends mal. Un premier morceau de rock psychédélique retentit – la foule s'embrase. Les visages autour de nous sont familiers: des gens de Zeno, des voisins de Bristol, la famille qui possède le ranch où on monte à cheval, d'autres encore. C'est bon de se retrouver, de se ficher de comment on danse. C'est bon de voir des inconnus nous regarder, hésiter, sourire, puis nous encourager à nous défouler avant de se joindre à nous. Je vole quelques pas de danse à mon frère, le fais fuir avec mes gros yeux quand ses gesticulations débordent à mon goût, mets Marina dans les bras

d'un type qui lui plaît, me positionne en retrait de quelques pas pour regarder notre groupe faire triompher l'excentricité.
Inspire. 2, 3, 4. Expire.
Anton tapote mon épaule, il veut acheter à manger.
– Tu veux de l'argent?
– Non, toi, viens.
– Tu veux y aller avec moi?
– Oui, viens.
Marina préfère rester avec son cavalier. Anton fonce. Je brise la foule pour ne pas le perdre de vue. Quand je le rattrape aux stands de nourriture, il me dit: «J'adore le concert, je suis content», trois fois, quatre fois et, finalement...
– On peut organiser une soirée dansante à Zeno samedi?
– Pourquoi pas! Tu veux que je propose? On pourrait faire une fête française, une *French Party*...
Ça tomberait à pic: le lendemain, la France affronte la Croatie à la Coupe du monde.
– Oui! Oui! J'adore ça l'idée de la fête française, la *French Party*! J'adore!
Hot-dog en main, sauce sur le jean, il cavale jusqu'au point de ralliement:
– Eh tout le monde, on va faire une *French Party*!
Yessss! French Party! French Party! French Party!
J'avais l'intention d'amener ça avec un peu plus de tact mais Peter est devant moi.

– Anton voudrait organiser une *French Party* samedi pour son départ, tu penses que c'est possible ?
– Il part déjà dimanche ?
– Oui. Vous avez proposé qu'une semaine parce que c'était compliqué l'année dernière.
– Ah oui, oui, pardon, oui. Il se débrouille super bien là, d'ailleurs, c'est cool. Tu sais, on a dû faire ça avec plusieurs personnes pour qui c'était beaucoup, faut pas le prendre personnellement.
– Je comprends, mais c'est loin la France et à l'avenir je pense pas qu'il pourra revenir pour une seule semaine. C'est trop court pour un trajet et un coût pareils…
– Bien sûr, bien sûr, je comprends, c'est compliqué. Bon, alors *French Party* samedi, mais on rentre vraiment dans le thème hein : je veux un comité décoration, un comité costumes, et une playlist des plus grands chanteurs français, on y va à fond !
Il avait l'air mal à l'aise. C'était trop frontal. J'en veux tellement à Anton… S'ils ne veulent plus de lui ici, je ne voudrai plus d'eux non plus. S'il m'enlève ça aussi, je ne sais pas si je pourrai le lui pardonner. Je fais promettre à mon frère de rester avec ce groupe pendant que je pars chercher Marina.
Il y a encore plus de monde que tout à l'heure : plein de gens de Zeno, mais pas elle. On me dit qu'elle serait remontée avec Trevor. C'est la cohue. Perché sur une barrière, Nate s'élance dans les bras

de Spencer pour qu'il le fasse surfer sur la foule. Des vieux trouvent que, quand même, il exagère de mettre ses pieds partout, c'est dangereux! Je ferme les yeux et me laisse secouer quelques instants par les épaules des autres. À la fin de la chanson, je partirai en quête de mon duo.
Aux toilettes, rien. Aux stands de nourriture, je repère le fauteuil rose fuchsia. Sur les genoux de Marina, un plateau plein de frites, trois burgers, des boissons, des mini-sauces. Il y en a pour moi. En s'asseyant au bout d'une table de pique-nique, le genou de Trevor touche mon mollet. J'en ai la chair de poule, il la voit et l'effleure du bout des doigts.

Un artiste talentueux et singulier

Attablé dans la salle à manger de la maison principale avec une pile de papiers vierges devant lui, Anton gribouille un cadre noir au stylo bille sur les bordures d'une feuille. Tout en haut, en titre: *La soirée French Party samedi soir*. En colonne, côté gauche du cadre, une liste de noms. Sur une deuxième colonne, des boissons; sur une troisième, les tenues, la musique. Agglutinée autour de lui, une bande énumère ce qu'il veut savoir tout en analysant: «T'as vu? Les majuscules et les minuscules sont de la même hauteur», et il resserre ou étire les lettres pour que les mots soient de la même taille, ou à quelques millimètres près. Chaque feuille représente une sorte de fresque, une composition d'écritures cursives, rythmées, qui sont souvent la base de ses tableaux.
Au milieu des exclamations, Anton lève les yeux vers moi:
– Tu es fière de moi ma sœur?

– Je suis fière de toi mon frère.
– Tu es fière de moi pour mon travail?
– Je suis fière de toi pour ton travail.
– Je peux inviter à mon expo?
– Tu peux mais je sais pas s'ils pourront venir, c'est loin Paris.
– Je vais essayer. Qui veut venir voir mon expo?!
Ils disent tous «Moi!» et il en fait une nouvelle liste:
Mon expo Anton Hirschfeld le 1er décembre 2018 chez galerie Christian Berst.
Quand il a fini, on scotche ses œuvres aux murs, à côté des photos de groupe des camps passés. Comme j'ai peu d'images de ses peintures, j'écris en urgence à mes parents pour qu'ils m'en envoient, puis on va tous chercher des bières dans la cuisine. Chaque fois qu'il boit de l'alcool, Anton fait une grimace.
Au lycée, quand nos parents n'étaient pas là, j'organisais parfois des soirées à la maison. Grâce à des amis curieux de connaître Anton, je commençais à montrer un peu qui j'étais. Le salon était plein à craquer. Il allumait les clopes de tout le monde et finissait les fonds de verres de vodka, de bière, de vin pas cher, de mélanges douteux. Impossible de savoir s'il était ivre puisque, avec ou sans alcool, il sortait toujours son *air guitar* en tanguant. Ça se passait toujours mieux que ce que j'imaginais, même s'il en faisait trop.
Deux ans et demi de plus que moi, c'était parfait.

J'aurais voulu que ses amis soient avec nous aussi, qu'on fasse nos premières fois ensemble, qu'il m'initie à la vie. On aurait eu une tout autre existence, avec d'autres problèmes. Peut-être qu'on aurait passé notre temps à se disputer. J'en ai rêvé plusieurs fois : quitte à avoir une relation désagréable, qu'au moins on se dispute, que je puisse lui crier mes vérités. Que la violence sorte.

Nous sommes une vingtaine à traîner. La soirée vire quand Spencer sort sa machine à tatouer. Il a l'habitude de s'en faire tout seul et propose à qui veut de se faire marquer pour toujours. Une fille se lance : elle choisit la couleur blanche pour faire une petite lune sur sa cuisse. Spencer désinfecte tous ses outils, la zone de tatouage préalablement rasée, dessine les contours de la lune avec un feutre spécial, active son pistolet…

Le bourdonnement fait pétiller les yeux d'Anton :

Eh moi aussi je veux !

– Ça fait mal tu sais ! dis-je.

– Non, je veux !

Sur son avant-bras droit, je trace au feutre fin noir les initiales *ZMF*, pour « Zeno Mountain Farm ». *Et si on le faisait vraiment ? Ce serait une connerie de vacances avec sa sœur, les frères et sœurs font ça. Je n'aurais qu'à faire le même.*

– Tu bouges pas, Anton, sinon ça va être moche. Je tiens ton bras ?

– Non… Oui ! Oui vas-y. Encouragez-moi ! Encouragez-moi !
Ils s'y mettent tous :
– An-ton ! An-ton ! An-ton ! An-ton !
Je stabilise son bras de toutes mes forces, Spencer approche, active son pistolet…
– Non ! Non ! Je veux pas ! Je veux pas, laisse-moi ! Laisse-moi !
Je le savais. À la place, on envoie à mes parents une photo de Spencer qui fait mine de le tatouer, le *ZMF* au feutre bien en évidence. Ma mère répond tout de suite : « Ça va pas la tête ! »
J'entends quelqu'un dire en chuchotant :
– Faudrait qu'Anton se couche, sinon il sera fatigué demain.
Je ne veux pas qu'on parle de lui. Voyant qu'il se met à bâiller, j'en profite pour lui dire que je vais dormir. Il me raccompagne jusque devant ma cabane, s'arrête : il ira se coucher quand il m'aura vue refermer ma porte. D'accord. En entrant, je me cache dans le coin d'une fenêtre pour surveiller ce qu'il fait : il regarde encore dans ma direction, puis il s'en va. Je laisse passer quelques minutes avant de ressortir. De grosses basses émanent de la grange. Derrière les portes vitrées, la pièce est enfumée, balayée par les faisceaux bleus, roses, jaunes des spots. Je m'y enfonce, percutant quelques silhouettes désarticulées qui se coulent dans l'air lacté, et fais comme

elles : j'ouvre mes bras et je spirale dans la barbe à papa. Face à moi, le visage de Trevor perce, il saisit ma taille, on s'embrasse. C'est intense, comme avant, mais au lieu d'espérer la suite de notre nuit je pense à mon frère. *Il aimerait tellement cette fête. Le soir, il y a une distinction entre nous tous, même si aucune limite n'est formelle, c'est entendu. Je veux qu'Anton soit comme moi.* À nos pieds, la machine à fumée crée un écran si opaque que nous sommes invisibles. C'est magique et excitant. *Qui d'autre s'embrasse ? Anton dort ?* Je plonge ma langue dans la bouche de Trevor avec deux fois plus d'ardeur pour ramener mon esprit au présent mais je n'y arrive pas.

Quelqu'un ronfle très fort. Je m'approche de son visage et chuchote :
– Anton.
Il sursaute.
– Viens, fais pas de bruit, viens, j'ai une surprise.
Il ne veut pas. Je tire sa couette.
– Allez, viens.
Le plancher craque sous nos pointes de pied. *C'est sûr, je regretterai. Je regretterai quand il refusera de se coucher le soir. Je vais créer un monstre. Je le sais. Tant pis.*
– Il pleut !
– Oui, mais c'est la fête, on va danser.
– D'accord.

– T'es content?
– Oui.
On accélère le pas, il pousse les portes battantes et, sans transition, s'élance parmi nos amis. En le voyant, ils chantent – à mon grand désespoir:
– *Brush your teeth, brush your teeth, brush your teeth.*

Ce soir, je suis son passe-droit. Il se couchera parmi les derniers.
Je ne veux plus qu'il soit classé parmi les handicapés. C'est un original. Un artiste talentueux et singulier.

Maintenant qu'il y a goûté, Anton ne pense plus qu'à la vie nocturne de Zeno. Le reste de la semaine, il ne perd pas une occasion de rappeler que la *French Party* est imminente: distribution d'affiches alors qu'elles tapissent déjà les murs, listes des invités, de la musique... La playlist est prête, nous ouvrirons le bal avec « La Valse de l'amour » d'Édith Piaf. Chacun doit venir accompagné et en tenue de soirée: costumes et robes, s'il vous plaît.
Dans la grange seront accrochées des guirlandes de paillettes et de lumières, des tours Eiffel en papier, des ballons gonflables bleus, blancs et rouges, des drapeaux français, des posters «I love France», «I love Paris», «I love croissant», «I love baguette». Jacob m'a invitée à l'accompagner. Marina a

demandé à Anton mais elle est déçue : il dit oui à tout le monde, il y a une liste des filles qui vont à la fête à son bras. Je ne sais pas s'il en choisira une. Avoir son harem, c'est bien son style.
– Il est compliqué avec les filles, non ?
– Disons qu'il n'est pas exclusif.

Pendant la *French Party*, il les fait toutes danser, avec un style très personnel, mais quand même. Mon frère, ce tombeur. En le regardant, c'est comme si je ne le connaissais pas. Qu'est-ce qui lui passe par la tête ? Il n'a aucune idée que notre relation m'obsède. Là, par exemple, je pense au fait que je n'ai pas le droit de mourir avant lui, je pense au fait qu'il ne sera pas père. *Il pourra rester seul avec mes enfants ? Qui gardera qui ?* Je pense au fait que, un jour, il n'y aura plus que nous deux.
– On va voir les étoiles tout à l'heure ? me glisse Trevor.
– Ouais.
C'est notre langage codé, mais je crois que je ne veux plus. Sans lui dire, je sais que ce sera la dernière fois. Je ne veux plus perdre mon temps avec des histoires sans avenir. Trevor me plaît parce qu'on a les mêmes blessures. Les gens tristes et forts, j'ai envie de les embrasser, mais on n'est pas faits pour une histoire d'amour. Je l'aime comme un frère. J'ai besoin de quelqu'un qui peut me raconter d'autres histoires

que celles qu'on se raconte, même si je pourrais en parler encore des heures avec lui. J'ai besoin d'exister sans Anton. Tout ce que je suis est une réaction à lui. Le trop-plein et le vide, on ne sait jamais ce qui est quoi.

Safe spaces

Installée sur un siège en plastique, Marina incline la tête en arrière pour que le jet d'eau lui arrive sur le front.

– Ah! Je connais rien de meilleur qu'une douche brûlante, soupire-t-elle. Tu me passes le gel douche?

Pendant qu'elle frotte le haut de son corps jusqu'aux cuisses, je lui fais les jambes et les cheveux. Shampooing, après-shampooing, peigne.

– Ça va mes aisselles? dit elle en levant les bras.

– Ça repousse.

– Tu veux bien m'aider à raser? Et peut-être vérifier en bas aussi, juste au cas où?

– Oui, attends deux secondes que je me savonne.

– Pourquoi tu restes en maillot?

– Je suis pudique!

– Et moi tu crois que je suis pas pudique?

– T'aurais préféré rester en maillot?

– Mais non, enfin, je vais pas me doucher en maillot!

Dis, pourquoi tu me poses aucune question sur mon accident?

Je réponds par une idée qui me trotte dans la tête depuis plusieurs jours: faire des interviews des gens de Zeno. Je poserais mon téléphone sur un trépied et laisserais tourner. On parlerait de la vie et, en arrière-plan, ça vivrait. Enthousiaste, elle accepte. On s'habille pour aller petit-déjeuner et, à table, on commence à imaginer un déroulé d'entretien. D'abord, elle parlera en détail de l'accident: la chute, le cheval qui la traîne par l'étrier, l'évacuation par hélicoptère. Ensuite viendront les chirurgies, le danger de la surmédication: c'est une des premières causes d'addiction aux États-Unis. Les gens malades vont se faire soigner et finissent dépendants aux médicaments prescrits. C'est catastrophique et ça peut être mortel. Elle en a fait l'expérience. La rééducation aussi, c'est important. Si on a la chance de ne pas avoir de lésions trop profondes, chaque petit muscle peut reprendre vie. En se levant chaque matin avec un micro-objectif, on finit par soulever des montagnes.

– Je suis une pile électrique, poursuit-elle, t'imagines pas comme la lenteur est contre nature pour moi. Le pire c'est quand j'ai l'impression de faire perdre leur temps aux gens, comme quand toi et moi on reste à table pour que je termine alors que tout le monde va s'amuser. Mais si je culpabilise trop, je suis foutue. Alors je me donne des petits objectifs depuis quinze ans et cette année, tu vois, j'ai fait mon marathon entier en tricycle. Ce qui est vraiment dur c'est de solliciter mes proches autant. C'est pas comme si j'avais le choix, mais je veux pas être un poids...

Nous sommes interrompues par un appel de ma mère, surprenant à cette heure-là, alors je sors pour le prendre. Depuis son retour en France, Anton dort douze heures par nuit, avec des siestes en plus : même avec un décalage horaire, c'est beaucoup. Je lui raconte les fêtes, les listes, les filles. Ça la rassure, il n'est pas malade ! Non, il est juste crevé.

– C'était comment avec les filles ? demande-t-elle.

– Rien de spécial, pourquoi ?

Et elle me raconte.

Ils étaient à la salle de sport tous les deux. Pendant qu'elle se changeait, il regardait par la vitre les gens qui s'entraînaient sur les machines. Une fille d'à peu près son âge a débarqué furieuse à l'accueil en disant qu'il la matait. Le personnel est resté calme, ils connaissent Anton, ils ont expliqué son handicap, il ne se rend pas compte que son regard pèse... « Ça me dérange ! » a-t-elle martelé. Anton s'est caché dans un coin avec les mains sur les oreilles, désolé, tellement désolé, sans être capable de le dire. La fille ne voulait rien entendre, refusait de lui parler, attendait qu'il parte, ses

particularités ne l'intéressaient pas, et finalement, c'est elle qui est partie en vociférant que ce n'était pas un *safe space*.
J'ai envie de hurler. J'ai envie de hurler et de la retrouver pour exiger des excuses, alors je me défoule en arrachant des touffes d'herbe à mes pieds. À ma mère, je dis et redis: «Vous lui avez expliqué et elle s'en foutait? Vous lui avez expliqué et elle s'en foutait? Elle ressemblait à quoi?! Elle ressemblait à quoi?!» Comme si j'allais la reconnaître un jour.
«Ça me dérange»: quelle phrase de merde. Moi aussi beaucoup de choses me dérangent dans la vie, et alors?
Je décroche de la conversation, je bous, mes pensées fusent dans tous les sens: *T'as pas le droit de le comparer à un pervers. T'as pas le droit. Ça n'a rien à voir. Tu devrais avoir honte de taper sur quelqu'un qui peut pas se défendre. Comment il aurait fait si ma mère n'avait pas été là? Où est passé le dialogue? Comment une jeune femme de mon âge n'entend pas que mon frère a un handicap et qu'il se rend pas compte de tout? Comment ça rentre pas dans l'équation? Ça comptait pour elle comme une circonstance aggravante? Elle considère que s'il est pas capable d'intégrer les codes il a rien à faire en public? Au fond, les gens préféreraient voir les êtres comme mon frère disparaître, c'est ça? L'eugénisme gagnera? La ségrégation gagnera? C'est quoi la vision de la société des gens comme elle? Celle du «pas déranger»? Eh bien, dans ce cas elle me dérange,*

sa faiblesse d'esprit me dérange. Tu dessers le monde. Dégage.
Je rassure ma mère : à Zeno, ça n'arriverait jamais. Si Anton peut revenir, il faudra juste éviter la comédie musicale ; le début du mois lui plaira plus. Ce qu'il aime, c'est danser, chanter et traîner, sans cadre. Un peu ce que je fais toute l'année. En tout cas, pour l'été prochain, je vais tâter le terrain dès maintenant.
Mon esprit divague à nouveau : *Il a de la chance d'être de petite taille. C'est vrai, un mètre soixante-huit, il en impose peu, on ne peut pas dire que son physique soit impressionnant ou menaçant. Comment aurait réagi la fille s'il avait été plus baraqué ? Et le type qui l'avait giflé quand il était ado ? Il aurait frappé plus fort ? Pas osé ? Et d'autres, ils auraient changé de trottoir au lieu de contourner ? Si un jour il a affaire à la police, ils useraient de plus de force à cause de ses réactions non conventionnelles ?*
– Et toi, maman, ça va ? C'était comment d'être tous les deux avec papa ?
– C'était bien ! C'était bien. Calme. Reposant. On est allés chez des amis, on s'est baladés, on a vu la famille, Babouchka est fatiguée mais elle tient le coup. Elle regarde *Des chiffres et des lettres*, elle écrit ses mémoires, même si sa vue baisse elle a relu tout Balzac en russe. Anton va passer un peu de temps chez les cousins pour que je puisse trier ses peintures tranquillement. Il y en a des centaines,

c'est l'enfer. Berst va passer à la rentrée pour sélectionner des tableaux, je voudrais les classer dans un ordre chronologique, on voit déjà des tendances apparaître dans son travail selon les périodes. C'est fou ! Berst dit qu'Anton n'est plus un peintre qui se cherche, qu'il a déjà produit une œuvre ! Tu te rends compte ?!

Quand elle n'est pas mère, ma mère est fille, ou épouse, et maintenant garde rapprochée et manager de son fils. Depuis la naissance d'Anton, mes parents ne se retrouvent à deux que pendant les vacances – et encore, ils sont toujours pendus au bout du fil, prêts à voler au secours en cas de pépin. Pas moyen de déconnecter. J'aimerais tellement pouvoir les soulager, qu'ils retrouvent une vie à deux.

En raccrochant, je pense à Will, Peter et Ila. Malgré notre différence d'âge et de statut (ce sont les directeurs), je voudrais être leur amie, pas juste une fille de Zeno ; ce n'est pas pour augmenter les chances d'Anton, c'est que je me sens proche d'eux. Je les sens moins présents. Jeunes enfants et vie de famille sont difficilement conciliables avec la gestion chaque jour d'un tel groupe. Deux filles que je vois ici depuis mon premier été ont repris les rênes du camp. J'espère que le vent ne tourne pas déjà. Quand je ne pourrai plus venir, je voudrais les garder dans ma vie.

Un peu plus tard, je rappelle ma mère pour parler à Anton.
– Ça va mon frère ?
– Ouais ça va et toi ça va ?
– Ouais. Tu me manques tu sais, c'était bien ici avec toi.
– Ouais ouais c'était bien.
– Maman m'a dit pour la salle de sport...
– Ouais ! J'ai pas compris moi, elle a crié, elle a crié, j'ai pas compris.
– T'as compris pourquoi elle a crié ?
– Il faut pas regarder les gens, oui, voilà, il faut pas regarder. Pfff. C'est dur.
– Regarder oui, mais tu peux pas fixer, sinon les gens ont peur.
– Oui, elle a eu peur la fille, elle a eu peur.
Et il raccroche.

Je pourrais raconter mille autres choses de cet été, mais c'est la suite qui compte dans cette dernière partie.

Un lieu à soi?

Je reviens, je reviens, je reviens, je reviens, pour la cinquième fois je reviens. Été 2019: Paris – Montréal – Burlington – Zeno, la route me procure une excitation familière, comme lorsque l'on rentre chez soi après une longue absence et que des images, des fragrances, une certaine atmosphère enveloppent le corps d'un sentiment de quiétude. Quand vient juillet, j'ai un frère. Quand vient juillet, la vie prend tout son sens. Quand vient juillet, le monde est tel qu'il devrait être. À l'arrière du van qui est venu me chercher à la gare routière, Jacob et Jeremy se partagent des trucs et astuces pour la vie en solitaire en buvant leur *ice coffee* XXL: la bonne place pour chaque chose, c'est la place logique. Pour Jacob, c'est les vêtements dans la chambre, la table devant la fenêtre pour avoir une vue quand il mange, la télé en face du canapé, le tapis devant. Dans la cuisine, les couverts et les ustensiles sont dans un tiroir bas, en dessous il y a les casseroles, les poêles et les saladiers, et dans le placard du dessus les assiettes, les bols, les verres et les tasses. Au-dessus de la gazinière, les choses à manger qui ne vont pas au frigo, comme les pâtes, le riz, les lentilles, les conserves, les assaisonnements, les céréales. À côté de l'évier, il y a un petit égouttoir. En dessous, il met les produits ménagers. L'horloge du four fonctionne mais il en a fixé une autre, rouge, dans son couloir – plusieurs perspectives donnent dessus depuis l'appartement, c'est très bien. Et enfin, pour se sentir vraiment chez lui, il a accroché aux murs du salon des choses qu'il aime regarder: des tableaux peints aux cours d'arts plastiques, mais aussi des photos d'enfance, de vacances, de famille, des créations de ses amis, des dessins...

Je me souviens de mon premier emménagement. Montréal. Ma mère m'avait aidée. C'est un grand moment dans la vie. Jeremy décrit son appartement à son tour, mais je vois dans le rétroviseur qu'il feint l'enthousiasme.

– Je crois pas que je vais réussir à vivre seul, avoue-t-il à la fin.

– Pourquoi tu dis ça ? s'inquiète Jacob.

– Je crois pas que j'en sois capable.

– Qu'est-ce qui est difficile ?

– Être seul, me souvenir que j'ai mis quelque chose sur le feu, nettoyer ma vaisselle, bien fermer ma porte, prendre les transports seul c'est trop dangereux, dans ma ville y a beaucoup de junkies. Aux États-Unis les transports en commun c'est souvent pour les gens qui ont pas grand-chose enfin faut pas que je dise ça mais c'est pour les pauvres ou les très pauvres qui peuvent pas se payer une voiture ou une assurance. Plein de gens roulent sans assurance, ça peut être grave s'il arrive quelque chose. Mais moi je m'en fiche je trouve les gens sympas riches pauvres ou sans assurance, c'est pas ce qui compte. Ce qui compte c'est d'être respectueux. Certains font peur je vais pas te mentir certains font peur, ils ont pris tellement de je sais pas quoi que leur corps fait n'importe quoi. Eux je sais qu'il faut les laisser tranquilles mais sinon comment on sait quand quelqu'un est pas sympa ? Enfin, bref. Ma mère doit toujours m'accompagner partout et pour elle c'est encore plus long qu'avant quand j'habitais chez eux parce que je suis pas toujours prêt quand je dois l'être et ça l'énerve.

Continue d'essayer ! encourage Jacob. Tu vas y arriver !

– Avec des amis ou une amoureuse peut-être mais seul... Seul, c'est trop triste. C'est comme si j'avais déménagé par principe parce que j'ai trente-trois ans. Pourquoi on doit partir de chez soi ? C'est l'ordre des choses je sais, mais bon... Quand je vis seul, je me souviens que j'ai le syndrome de Williams.

– Anton non plus habite pas seul, tu sais, je dis.

– Je suis désolé mais quand même ça se voit

qu'Anton est moins autonome que moi. Tu sais, Léa, la vie m'a appris que certaines choses restent sans réponses. On a beau se demander mille fois pourquoi, c'est la vie. L'année dernière, mon rêve était de pouvoir dire que je vis seul. Tu m'aiderais à trouver un nouveau rêve ?

J'y pense tout l'après-midi. C'est exactement le contraire de Jacob dans son New York frénétique. Depuis qu'il vit seul, on dirait que son autisme diminue. Il a dix fois plus confiance en lui, sort de jour comme de nuit, peu importe l'heure ou l'occasion. Il cumule deux jobs, l'un dans une cantine, l'autre au département Recherche d'une université où il s'occupe des souris. En plus d'être en fac de cinéma, il participe à des ateliers d'écriture, de théâtre, d'arts plastiques, en ligne ou en groupe. Même les imprévus sont les bienvenus maintenant. Avant, ils pouvaient le déstabiliser pendant des semaines à force de devoir expliquer le pourquoi du comment du changement et la manière dont il affectait toutes les parties impliquées. Anton vit toujours chez nos parents, mais il a rempli une galerie et vendu des tableaux à des collectionneurs. Le regard des gens sur lui est en train de changer: ils s'adressent à lui autrement. Lui aussi change. Je ne sais pas exactement en quoi, mais ça s'opère. On le respecte, on l'admire. *Rêvait-il d'être artiste ? Je ne pense pas que ce genre de questionnement le traverse. Il l'est, c'est tout.*

Jeremy parle de sa vie comme si elle était déjà derrière lui : tous ces projets de cinéma qui l'ont propulsé, sans qu'il parvienne à rester accroché aux rayons du soleil. Le monde est sans pitié quand on n'a pas les ressources pour avancer seul.
Je sais combien mes parents portent Anton. Pour rester artiste, il lui faut une famille soudée, et à l'avenir je devrai être là, c'est comme ça, il n'y a pas le choix, et le rêve, c'est que ça se passe bien. L'année prochaine, je retournerai vivre au Canada. J'ai besoin d'être libre encore un peu.

Pendant que les garçons défilent sous la douche, Anton attend son tour allongé sur son lit, les bras croisés derrière la tête.
– Anton ?
– Oui.
– Tu rêves ?
– Oui.
– De quoi ?
– Boire des coups.

Tout se transforme

C'est dimanche, il y a plein de choses à nettoyer un peu partout pour redémarrer la semaine.
– Allez les gars, on y va !
Je fais mon lit, attrape un panier de linge sale qui traînait par terre et quitte la pièce. Des pas me suivent, c'est Jacob, il me dépasse en secouant la tête de gauche à droite.
Dans la buanderie, Anton plie des serviettes de bain pendant que Rose, une nouvelle, met des affaires à laver. C'est leur contribution, faire tourner la buanderie. Anton adore, il vient même en dehors des horaires qu'ils se sont donnés pour remettre les affaires propres dans les bacs de chaque cabane. Il a toujours aimé s'occuper de la maison. À Paris, il adore vider et remplir le lave-vaisselle, et découper des légumes pour cuisiner. En revanche, le bruit de l'aspirateur, il déteste.
– J'ai demandé la même cabane avec ma sœur ! Ma sœur Léa.

– C'est toi qui as demandé à être avec moi ?!
– Oui !
– Tout s'est bien passé cette semaine ?
– Oui !
Anton est arrivé une semaine avant moi. Jamais je n'aurais cru le trouver si heureux de me voir.
Ding, ding, ding, ding, sonne l'heure du dîner. On s'installe par cabanes. À ma table : Jacob, Jeremy, Caleb, Anton et Rose. Anton a flashé sur elle, il ne veut pas lâcher sa main. La semaine passée, le défilé de la Fête nationale était sur le thème « Années 80 ». Mon frère s'est déguisé et a tenu jusqu'au bout malgré des moments difficiles. Son courage a été applaudi et son expression intimidée disait comme il était fier.
Les mains se joignent dans toute la salle à manger pour le traditionnel bénédicité laïque. Anton le célèbre : « *Eat your food*, bon appétit ! », puis s'éclipse dehors. Voyant mon air exaspéré, Ila me fait signe d'approcher :
– On le laisse prendre son temps, il vient à son rythme, t'inquiète.
Dehors, il joue avec le bouvier bernois de Will. Je n'ai rien d'agréable à lui dire. À notre table, les garçons font de grands gestes : pour s'asseoir à côté de Jacob, Caleb a déplacé le pull de Jeremy pendant qu'il était aux toilettes. Le pull était là pour garder la place, c'était pourtant clair, mais Caleb le traite de gamin :
– C'est qu'une place !

Jacob est figé entre les deux qui le prennent à partie.
– Dis-lui que ça se fait pas ! dit Jeremy.
– Dis-lui tu préfères à côté de moi ! dit Caleb.
Et il quitte bruyamment la salle à manger pour pousser à l'extérieur des rugissements furieux. Je l'interpelle :
– Oh ! Qu'est-ce qu'il y a ? C'est quoi ces histoires ?
– Laisse-moi, comprends rien de rien ! Lui fautif ! Rien à foutre toute façon, je peux jamais faire que j'veux ! Putain de vie de merde.
Mains sur les oreilles, Anton nous fixe. Je lui dis de dégager.
– J'vais pas vivre Los Angeles, sanglote Caleb. Carrière foutue ! Jeremy dit j'aurais pas réussi toute façon.
Et il détale jusqu'à notre cabane pour se réfugier sur son lit. Je le suis. Depuis le long métrage de Zeno, il voudrait faire du cinéma, mais les opportunités manquent et il blâme son entourage.
– Pourquoi m'emmène pas aux castings ? Pourquoi rencontre pas des gens de télé ? Pourquoi n'a pas de travail ?
Jeremy lui aurait dit quelque chose sur son manque d'autonomie. Comment ose-t-il l'insulter de cette façon ?
– Je suis autonome !
Maintenant, il a besoin d'être seul pour réfléchir à sa présence ici, à ses amitiés, à tout.
– Pars !!! me hurle-t-il.

Un peu plus tard, sur le terrain de basket, *Long Way Up* affronte *Grandpa's*.
Caleb dribble, dribble, dribble, fait une traversée spectaculaire, marque, et se fait crier dessus par Jeremy parce qu'il n'a pas fait une seule passe. Zeno est le seul endroit au monde où l'esprit d'équipe compte plus que la victoire. Ça le fait pleurer de désespoir: ne fera-t-il donc jamais rien de bien?
Anton me regarde pour savoir s'il doit s'inquiéter ou non. Il se met à lui tapoter le dos.
– Ça va aller, ça va aller, pas pleurer Caleb, ça va aller.
– Ma mère me manque, lâche Caleb, avant de s'effondrer au sol.
Elle est morte quand il était petit, pas de père à l'horizon, c'est pour ça qu'il vit avec sa tante. Dès qu'il est triste, il parle d'elle. Quand il a besoin d'affection aussi. Parfois, il pleure pour tout autre chose, mais elle finit par se joindre à ses larmes.
Une masse humaine se forme autour de lui pour un câlin géant, Anton la contourne pour s'effondrer sur moi. Sa poitrine sursaute contre la mienne, sanglot après sanglot. Je craque aussi. On se serre si fort. Sa respiration dans mon oreille me remplit. *Je suis là, je suis là. Je serai toujours là.* Puis il refait ce mouvement qu'il fait toujours, une sorte d'effet ventouse de son oreille contre ma joue, trois fois, et il me regarde. C'est fini.

En remettant du café dans la machine, j'entends les directeurs faire le point sur les stagiaires. Je m'incruste dans leur conversation.
– Vous levez le pied ?
Ils s'y préparent. La passation commence doucement pour que, dans une quinzaine d'années, tous les programmes de Zeno puissent exister sans eux. Il y a deux camps pour les adultes porteurs de handicap, en hiver et en été. Le reste du temps se réunissent sur la même montagne des groupes plus petits, d'une vingtaine de personnes, pour une à deux semaines. Il y a un groupe de gens qui ont des lésions cérébrales irréversibles, des groupes de vétérans de guerre, de personnes âgées, d'autres en traitement ou ayant survécu à un cancer, d'ados, de femmes marginalisées pour diverses raisons, de personnes ayant souffert d'addictions. Hors les murs, il y a un camp sportif pour adultes handicapés avec Ross et son équipe d'Access Sport. C'est en Floride, au printemps. Une grande question subsiste : comment nommer ces autres réunions en groupe ? « Retraites » ? Ça fait trop bien-être spirituel. « Camps » ? Ça fait colo. « Lieu de répit » ? Ça fait médical.
Zeno est une deuxième maison pour qui en aurait besoin.

Will et Vanessa aimeraient peut-être vivre au soleil. Ila voudrait se rapprocher de ses parents dans le

Massachusetts. Peter pourrait rester ici pour toujours.
– On pense que les choses seront là à jamais, dit-il, et pouf ! elles s'en vont.

Moi je pense que rien n'est jamais fini. Tout se transforme.

Cet été, Anton a fait la fête tous les soirs alors que l'an dernier il devait demander la permission pour rester levé.
Cet été, Anton est resté deux semaines et moi une.
Cet été, je me fais tatouer *ZMF*. J'ai fait des essais au feutre fin noir sur mon corps entier. Ce sera dans le creux du coude gauche, pour fêter mes cinq ans ici.

Décalés

Edith est morte hier. J'apprends la nouvelle sur Facebook au mois de novembre. Je suis à Paris. Sur la photo postée par Zeno, elle sourit, tête inclinée, en faisant «coucou» de sa main crispée. Soixante ans, quelques rides, toujours pas un cheveu blanc. On lui dit au revoir en émojis et commentaires. Deux cent quatre-vingt-neuf réactions. Je mets un cœur rouge. Je suis triste mais je ne pleure pas. J'imagine son corps allongé, son visage paisible, sa peau laiteuse, parmi les plus douces que j'aie touchées. En message privé, je demande ce qui s'est passé. Edith est partie dans son sommeil: *douceur*. Sans prévenir personne: *fracas*. Fidèle à elle-même.

Au mois d'avril, je poste sur Facebook moi aussi, et sur Instagram, un texte écrit en deux heures dans mon lit, en anglais. J'attends les réactions, je les veux immédiates sans quoi je supprime les posts. J'actualise les deux pages, l'une après l'autre. Encore, encore, encore.

Quand j'ai compris que nous allions être confinés à cause du Covid-19, j'ai décidé de rentrer chez mes parents. Je n'avais pas encore saisi la gravité de la situation, les hôpitaux n'étaient pas encore saturés, les morts ne se comptaient pas encore par milliers, la moitié de la planète n'était pas encore immobilisée, on ne croisait pas encore d'animaux sauvages en ville, Boris Johnson et Donald Trump distribuaient encore des poignées de main à tout-va.
C'était il y a un mois. En un mois, ma vie a changé.
J'ai vingt-cinq ans. Cela fait sept ans que je vis seule, la solitude ne me fait pas peur. Mais une solitude prolongée ou subie peut déclencher chez moi des épisodes anxieux et des troubles alimentaires contre lesquels je me bats depuis l'adolescence. Il fallait que je m'entoure, j'avais besoin d'être protégée et que l'on me protège. J'ai la chance d'avoir une famille sur laquelle je peux compter.
Chez mes parents, c'est aussi chez mon frère Anton qui a des besoins plus particuliers que les miens. Il a un trouble neurologique de naissance, il n'est que relativement autonome, jusqu'à un certain point, disons, mais il ne peut pas vivre seul. Le terme «Covid-19» ne veut pas dire grand-chose pour lui, alors on lui a expliqué qu'il y avait «un virus» qui causait beaucoup de détresse dans

le monde et que c'est pour ça que Léa (moi) rentrait à la maison. Juste pour un petit temps, parce que à partir de maintenant on ne pourrait plus sortir librement, voir des gens, boire un verre, aller travailler. On ne pourrait plus s'embrasser, s'enlacer, se serrer la main, ni même s'approcher à moins d'un mètre des gens dans la rue. De manière brutale et incompréhensible, toutes ces choses qui sont vitales pour Anton, comme pour la majorité d'entre nous, étaient devenues interdites «pour survivre». Nous lui avons expliqué la distanciation sociale. Là encore, l'expression «distanciation sociale» n'a pas vraiment de sens pour quelqu'un qui a une capacité limitée à raisonner, à verbaliser ses pensées et ses émotions, quelqu'un qui apprend en faisant. Anton a besoin de voir et de ressentir. Il doit vivre une situation pour l'intégrer et la comprendre.
La vérité est que la distanciation sociale est très proche de son quotidien, l'aspect sanitaire en moins. Anton n'a pas d'amis qu'il puisse appeler pour aller boire un verre ou voir une expo. Mon père a organisé un appel avec un garçon du centre thérapeutique qu'il fréquente, mais la conversation s'est arrêtée à: «Salut, ça va?» Ils ne savaient pas comment avoir une conversation. C'était douloureusement beau, un mélange d'innocence et de vulnérabilité.
Dans un film, j'ai entendu l'expression «beauté collatérale».
Cette idée me plaît.

Les trajets qu'Anton fait seul à Paris se comptent sur les doigts de la main. Il est toujours accompagné. Anton a besoin des autres pour vivre. Non, Anton a besoin des autres pour survivre.
Mes parents ont tout fait pour qu'il trouve une place dans la société, refusant dès le début de le mettre en institution. Ils ont cru en lui quand personne n'y croyait. Heureusement qu'Anton est un gros bosseur. Ce n'est pas évident de naviguer à contre-courant. Ça n'a pas facilité nos vies, ça les a même compliquées. Beaucoup. Je ne croyais pas aux capacités d'Anton. Je ne pouvais pas les voir parce que j'avais mal. Je ne croyais pas que notre famille tiendrait le coup. Comment croire qu'on arrêterait un jour de s'affronter ? De la maison, il ne me restait que le rêve.
Je n'aurais jamais cru aimer vivre avec eux, et encore moins faire cent cinquante abdos par jour sur un tapis avec mon frère, cuisiner avec lui, ou qu'il me guide dans le quartier pendant nos escapades autorisées d'une heure en chantant les Beatles à tue-tête.
On m'avait dit que la douleur laisserait un jour place à l'amour, que je ne pleurerais plus, que je changerais de regard sur Anton, qu'il ne serait plus mon étrange frère, un peu sauvage, qui me manque et me fait pleurer. Il serait simplement mon frère un peu spécial. Mais je ne l'avais pas cru.
Anton a beaucoup évolué pendant ce mois de confinement. Il a changé. Je pensais que c'était parce que nous

étions soudainement trois à le guider et à faire attention à ce qu'il faisait, qu'en étant plus stimulé il avait développé une nouvelle conscience du monde. Mais mes parents font ça depuis toujours. L'élément nouveau, c'était moi. Je lui ai montré comment on fait à notre âge, j'ai attendu de lui d'autres choses, et j'ai compris qu'il n'écoutait pas les autres comme il m'écoute moi. Je suis sa sœur.
Jusqu'à ce confinement, j'étais dans la fuite. Je fuyais dans les conversations et les monologues sans fin, dans les voyages, dans les fêtes, dans le travail, dans les fauteuils des psys, et puis le 17 mars je n'ai plus eu le choix, j'ai dû partager un toit avec l'incarnation physique de ma douleur.
Ceci est une esquisse de tant de moments visibles et invisibles que j'aimerais partager. Je pense que rien ne nous prépare à la vie, mais que les rencontres peuvent lui donner un sens nouveau.
Le monde du handicap est un monde inattendu, inconnu, parfois miraculeux. Et il faut en parler. Pour ceux qui le vivent, pour la société. Il y a des récits à couper le souffle, qui sont difficiles à mettre en mots. Nous tous, êtres imparfaits, pouvons être émus à en perdre le contrôle. Il nous faut des exemples, il nous faut des modèles, il nous faut du soutien. Nous l'admettons aujourd'hui comme jamais auparavant.

Et je termine par une invitation à témoigner d'une histoire en lien avec le handicap. Je tiens à ce que

ce soit donnant-donnant. Je partage, tu partages, on partage, on bâtit, brique par brique, un pont, pour rejoindre les rives de nos solitudes. Et ensuite, on verra.
Ce texte est repris par des journaux, au Canada et en France. Des éditeurs apprécient mon texte ! C'est énorme. Grâce à ces publications, j'échange par mail, par téléphone, avec des inconnus du monde entier avec lesquels j'ai des choses si intimes en commun. Je réussis même à skyper Jim LeBrecht, le réalisateur de *Crip Camp, A Disability Revolution* (*Crip Camp, la Révolution des éclopés*). Ce documentaire génial raconte l'histoire du mouvement pour les droits des personnes handicapées, mené aux États-Unis par des jeunes d'un camp comme Zeno, dans les années 70. On le trouve sur les plateformes de streaming, n'attendez plus.

Lors de notre deuxième rendez-vous, je le montre à Mickaël, puis je sors le DVD de *Becoming Bulletproof*, le documentaire sur Zeno. Double *crash test* qu'il passe haut la main: pas impressionné, curieux, amusé, alors même que le sujet du handicap lui est étranger. Banco !
Il a huit ans et demi de plus que moi, mais j'en parle en premier:
– Tu te vois où dans trois ans ? et dans cinq ? Moi, avec des enfants.

Je veux qu'il sache tout, tout de suite: mon frère, les enfants dans cinq ans, *voilà le package, tu dis oui ou non avant que je tombe amoureuse, je ne veux plus perdre mon temps, je veux bâtir.*
On se fréquente depuis trois semaines quand on réalise qu'Anton et lui ont leur anniversaire le même jour. Là, c'est lui qui parle le premier:
– Et si on partait en week-end tous les trois?
– T'es sûr?!
Alors on réserve une voiture qu'on récupère à la gare du Nord la semaine suivante. Anton et Mickaël se rencontrent pour la première fois à 8 heures du matin, dans les sous-sols gris du parking. Mon esprit vole, hors de mon corps, quelque part, en apesanteur, au-dessus de mes deux hommes qui se font un simple check, comme si de rien n'était.
– Salut, je m'appelle Mickaël, et toi?
– Salut Mickaël, je m'appelle Anton.
L'agence n'a plus de citadines, on est surclassés dans un gros Renault Espace dernier cri: je n'ai jamais vu un pare-brise aussi grand! Et c'est parti, vue panoramique sur le ciel bleu et blanc, direction la Normandie. Anton met de la musique. Je vante ses qualités de DJ, il est fort pour créer des atmosphères: les chants religieux et les polyphonies pour rêver allongé, les symphonies pour pleurer, la salsa pour se motiver seul, la chanson française pour animer n'importe quelle foule, le rap pour se défouler

avec des jeunes, la pop et le rock pour danser. Ça marche à tous les coups. Là, on écoute en boucle Kery James, le retour du rap français et on hurle:
– «Pop pop, c'est l'retour du rap français»!

On récupère les clés de l'appartement dans la petite boîte à code des locations saisonnières et on s'installe. Je n'ai rien à dire, rien à penser de particulier, ça glisse tout seul, ils font des cafés qu'on boit sur notre petit balcon, puis on sort manger des moules. Pendant trois jours, ils sont bras dessus bras dessous et je les prends en photo: sur un muret, sur un banc, dans une ruelle, devant la maison de Victor Hugo à Honfleur, dans une crêperie à Fécamp, face à l'océan, sur les galets. Mickaël est arrivé dans ma vie comme une improbable évidence (c'est son expression). Avec lui, je projette sans forcer, sans cocher de case. Avec lui, je discute des nuits durant de mon projet d'écriture, des portraits de gens rencontrés depuis la publication de mon texte, des portraits de gens de Zeno. Un jour de page blanche, je vois passer une publicité pour le Paris Podcast Festival. Le podcast a le vent en poupe mais je n'en écoute pas. J'y vais pour voir. Découvrir l'existence de gens qui, comme moi, hors de la radio, enregistrent les autres pour partager leurs histoires, ça me fait l'effet d'un électrochoc. Plutôt que d'enregistrer et écrire, je vais enregistrer et monter. Je vais faire un podcast.

Pour cette version du projet, malgré la pandémie, je veux rencontrer les gens en personne: le son sera meilleur, l'échange plus sincère, et on est bien assez isolés comme ça. Pour parler du sentiment de décalage au quotidien, je poste une story appelant au témoignage les frères et sœurs de personnes handicapées ou malades (handicap mental, physique, psychique). Je reçois suffisamment de réponses pour poster une deuxième story: «Qui connaît un ingénieur son qui pourrait me recommander des micros et m'initier au montage?» Grâce à une amie, je rencontre Germain. C'est lui qui m'apprend tout, avant de finir à mon micro. Lui aussi – par pur hasard – se trouve être un frère décalé.
À peu près en même temps, Mickaël m'offre *Ensemble, on aboie en silence*, le premier livre du rappeur Gringe. Ça parle de sa relation avec son frère Thibault, et de la schizophrénie au sein de leur famille. Découvrir le récit d'une fratrie abîmée me fait tellement de bien. Là encore, je poste une story: une photo du livre avec la phrase: *Pour tous les frères et sœurs*. Je tague Gringe et il me répond: un émoji prière. Mon projet est encore embryonnaire, je n'ai pas acheté de micro, je ne sais pas monter, mais je saute sur l'occasion, je l'invite sur mon podcast, sans imaginer qu'il dira oui si facilement. Quand il débarque chez moi, je n'en reviens pas qu'une personne connue me fasse confiance, donne de son temps, s'intéresse à

mon idée. On commence à discuter et je n'ai plus envie d'enregistrer. Et si on s'ouvrait une bière en parlant de nos frères pour cette fois-ci ? On se donnera rendez-vous plus tard pour le podcast. Il prend tellement bien cette annulation *in situ* que je me dis: *Oui, c'est important. Lui aussi, c'est un peu mon frère,* comme Lily, Tom, Clémentine, Johanna, Paul, Germain, Jacqueline, Florent, Camille, Dary, les autres frères et sœurs qui font la saison 1 de *Décalés*. Et Trevor. Et Spencer.

Mon premier post sur la page @decales_podcast est un carrousel de mots: *décalés, différents, forts, vulnérables, imprévisibles, singuliers*, avec en légende: *Ce qui nous lie.*

Le second: *Dans une famille qui vit le handicap ou la maladie quotidiennement, les besoins vitaux de l'un d'entre nous sont en jeu. Tout le monde est obligé de s'adapter, et d'accepter de faire un pas de côté pour s'impliquer et aider. La résilience, en physique, c'est la résistance d'un matériau au choc. En psychologie, elle incarne la force morale, la qualité de quelqu'un qui ne se décourage pas, qui ne se laisse pas abattre. Face au handicap ou à la maladie, on n'a d'autre choix que de se battre.* Décalés *apporte un regard bienveillant sur des questions cruciales auxquelles personne ne sait répondre, comme l'inclusion. Un de mes objectifs, et peut-être le plus important, est que nos expériences de vie permettent de trouver des réponses qui aident à vivre. 1er mai.*

Je diffuse les trois premiers épisodes et mon entourage s'improvise attaché de presse : on contacte tous les journalistes qu'on connaît, même ceux qu'on ne connaît pas. C'est grâce à eux que ça prend, à mes proches, aux journalistes et aux auditeurs qui m'écrivent. *Décalés* aussi est une affaire solidaire, un lieu du cœur, comme Zeno. À ma façon, je suis à l'origine d'un espace édifié en famille étendue, où les gens peuvent apprendre les uns des autres, avoir un sentiment d'appartenance et travailler ensemble à créer un monde inclusif, digne. *Décalés*, c'est un podcast, mais c'est aussi l'amorce d'un projet de vie, un grand élan et une libération.

Je suis en train d'enregistrer la deuxième saison consacrée aux personnes en situation de handicap quand Mickaël m'envoie un appel à projet du ministère de la Culture : « La Villa Albertine s'adresse à des créateurs, chercheurs ou professionnels de la culture qui portent un projet de recherche original dans les domaines des arts et des idées nécessitant un séjour d'immersion aux États-Unis. Ce projet présentera nécessairement un lien avec les enjeux du territoire exploré et sera à même de susciter un dialogue actif avec les acteurs locaux rencontrés. »
Mon enfance a été bercée par les vacances d'été au Canada et aux États-Unis pour voir ma famille

paternelle. Être bilingue m'a ouvert, d'une certaine manière, les portes du monde. Si je peux me projeter dans cette aventure, c'est grâce à mon père. Avec les années, nous nous rapprochons.
Je dois compléter le dossier avant la fin janvier: dans trois semaines. Ensuite je commencerai mon premier travail à temps plein, le premier que je décroche. Après des mois à me réveiller la nuit, boule au ventre, en pensant à l'avenir, l'argent, l'instabilité des petits boulots, je me suis résolue à trouver un «vrai poste». Je vois cette résidence comme une sorte de dernière chance: si ça ne marche pas, je rentre dans le rang. Le podcast, c'est génial, mais ça prend beaucoup de temps, et ça ne paie pas les factures. Au moins, j'aurai essayé.
Je travaille sans relâche pour décrocher cette Villa Albertine: textes, vidéo, portfolio, biographie, CV. *Je ne me suis jamais sentie faite pour quoi que ce soit, mais ça, pitié, que ce soit mon destin.* Le projet que je soumets est un nouveau chapitre de mon podcast, en anglais: partir à la rencontre de membres de Zeno chez eux, aux quatre coins des États-Unis, pour explorer le handicap à travers le prisme des multiples influences culturelles qui composent un pays connu pour être fragmenté. Jusqu'à la réponse, je suis de jour au bureau, de nuit sur mon ordinateur à monter la deuxième saison. Paver l'avenir, paver l'avenir, paver l'avenir pour ma

vie avec Mickaël, paver l'avenir pour ma vie avec Anton.

Il est 5 heures du matin quand, au beau milieu d'une insomnie, je découvre le mail du directeur de la Villa Albertine.

– Oh putain ! Oh putain !

Ça réveille mon pauvre Mickaël endormi.

– Qu'est-ce que t'as ?

Je lui saute dessus :

– *Décalés* va en Amérique, *Décalés* va en Amérique !!!

Nos histoires intéressent. Nos histoires seront entendues en deux langues, plus fort, plus loin. On va changer le monde, on va changer le monde en racontant des histoires, je l'ai toujours su. Vive la vie ! Vive la vie !

Aidants ou aimants?

Dans une étude de la Macif et du Crédoc datant de 2023, je lis qu'une personne sur dix entre seize et vingt-cinq ans se sent éprouvée par l'accompagnement d'un proche âgé, malade ou en situation de handicap. Cette charge physique et/ou mentale concerne plus de un million de personnes en France métropolitaine.
Un tiers des jeunes aidants ne connaissent pas le terme «aidant».
Un tiers des jeunes interrogés estiment être en moins bonne santé mentale ou physique que ceux de leur âge.
Un quart des jeunes aidants qui étudient encore témoignent d'un décrochage scolaire.
Deux tiers souhaitent que leur réalité soit plus visible dans la sphère publique.

Mon frère et ma famille ne déterminent pas tout

ce que je suis, mais depuis que je connais le mot «aidant», je me sens soutenue. Il met le doigt sur le pilier que nos familles représentent dans le monde, il pourrait permettre d'anticiper et de prévenir certaines conséquences sur notre équilibre et, naturellement, sur celui de la personne qu'on aime. En ce sens, c'est bien. Mais il ne faudrait surtout pas que ce terme se transforme en statut et en destinée, dédouanant le reste de la société.

Pour tout dire, je ne l'aime pas beaucoup, ce mot. «Aidant». Anton doit-il être un «aidé» dans ce monde ? Faut-il rappeler toujours que le reste de la planète a un ascendant sur lui ? N'a-t-il pas droit à des parents et à une sœur tout court ? Et moi, n'ai-je pas droit à un frère tout court ? Et mes parents à un fils tout court ? Je sais qu'il ne faut pas y voir quelque chose de dégradant, que c'est beau d'aider, mais c'est ainsi que je le vois. Les catégories isolent, c'est dans leur nature. Et les mots ont un sens profond.

Laissez-moi Anton tout court, c'est lui qui manque à ma vie.

Remerciements

Un dernier pour dire merci, car aucun livre ne s'écrit seul.

Mai 2023, Paris. Je suis rentrée de résidence depuis un mois. Au téléphone, Gaëtan Bruel – qui dirigeait à l'époque la Villa – me parle de la collection Albertine Seuil à venir : lui et Raphaël Bourgois, le directeur éditorial de la villa, identifient des auteurs potentiels parmi les résidents. Ils ont pensé à moi. Si je suis intéressée, je pourrai rencontrer l'éditrice en charge de la collection et lui présenter une idée de livre.
Mireille Paolini me reçoit le 5 juillet à 15 heures dans les locaux du Seuil. On fait connaissance dans l'ascenseur, puis en traversant un grand étage aux piles de livres et multiples bureaux, jusqu'au sien, qui a une jolie vue sur Rosa Parks. Elle me pose

mille questions, sur moi, sur mon aventure américaine. On se connecte en visio avec Raphaël mais la caméra plante. Vassili Sztil vole à notre secours. Il est jeune éditeur; Mireille dit qu'il travaillera aussi sur mon livre, si livre il y a. Nos visages apparaissent à l'écran, celui de Raphaël aussi. Après quelques politesses, je sors de ma poche la note d'intention que j'ai écrite pour l'occasion. Je parle, je parle, ils m'écoutent, mais mon idée ne convainc pas: un *road-book* fera l'effet d'un journal de résidence. Ils recherchent quelque chose de plus incarné, un récit intime. «Reprends à zéro et propose-nous un chapitre pour le 31 août», dit Mireille. J'en proposerai deux.

Gaëtan, Raphaël, en pensant à moi pour cette collection, en me tendant la main, vous avez changé ma vie. C'est dire la place que vous occupez dans mon cœur. Merci.
Mireille, toi aussi tu as changé ma vie, d'abord avec ta confiance. C'était un pari de me signer sur quinze pages, et tu l'as pris. Avec ta patience, ta finesse, la juste distance que tu as su instaurer dans nos échanges, j'ai trouvé une grande liberté dans l'écriture, sans jamais me sentir complètement égarée. Merci.
Vassili Sztil, Solal Dreyfus, Emmanuelle Adam, vos précieuses lumières à différentes étapes de ce voyage m'ont été indispensables. Merci.

Nancy, mon premier vrai œil extérieur, ma première lectrice hors Seuil et parents. Tu m'as aidée à faire le pas de côté dont j'avais besoin pour lire entre mes propres lignes. Je chéris nos heures passées à travailler ensemble. Merci.

Maman, Dad, quel chemin. Les choses que j'ai à vous dire n'ont pas leur place ici. J'espère que vous terminez ce livre avec l'assurance d'être profondément respectés et aimés, du même amour inconditionnel que vous nous avez donné. De vous j'ai appris la confiance, l'exigence et l'affranchissement. Aucun podcast et aucun livre ne serait sorti de moi sans cela. Vous êtes mes parents, et vous êtes tellement plus que ça. Si vous ne m'aviez pas faite, j'aurais voulu être votre amie. Merci.

Tante Karen, *I know how much you have always done to relieve and spare me. Of all the things you have taught me, the one that stays with me most is: am I willing to live with the consequences? Thank you.*

Mon Mika, je ne savais pas que l'amour pouvait ressembler à ce qu'on a. Pour tes mots bien choisis, pour ton ouverture d'esprit, pour ta patience, pour ton soutien, pour l'avenir que tu acceptes de bâtir avec moi, merci.

À Babouchka, Nétati, Victor, Cécile, Galia, Céline, Léon, Constance, Pierre, Alexis, Larissa, Natacha, Daniela, mon clan familial, merci.

À mes amies de toujours qui m'ont interdit de reprendre les études quand j'avais peur de lancer *Décalés*, merci.

À ma seconde famille Montréalaise avec qui je suis devenue adulte et qui ne rate jamais un anniversaire d'Anton, merci.

À la galaxie Zeno, à ses fondateurs, à ses soutiens, à toutes celles et ceux qui ont accepté d'être enregistrés pendant mon voyage, merci.

À Jeanne Sénéchal, Essie Assibu, Laurène Gris et Whitney Smith qui ont été mes premiers relais presse, merci.

Enfin, aux équipes de la Villa Albertine dont les attentions à chaque étape de ma résidence ont fait toute la différence, merci. Je pense à Marceau Crespo, Valentine Lecocq et Olivier Favry de Boston; à Emma Buttin et Camille Jeanjean de New York; à David Ruffel et Lillianne Daniels d'Atlanta; à Didier Dutour de Los Angeles et à Sabine de Maussion de San Francisco.

Table

Design graphique
Des Signes, Paris

Réalisation
Nord Compo
à Villeneuve-d'Ascq

Impression
Normandie Roto S.A.S. à Lonrai (2405951)

Typographies
OntheRoad (Des Signes)
Self Modern (Bretagne)

Dépôt légal
Février 2025, n° 155967
Imprimé en France